中 篇 小 说

我爹的那些往事

大 团 著

中国出版集团
東方出版中心

图书在版编目(CIP)数据

我爹的那些往事 / 大团著. — 上海：东方出版中心，2017.8
ISBN 978-7-5473-1169-1

Ⅰ. ①我… Ⅱ. ①大… Ⅲ. ①长篇小说-中国-当代 Ⅳ. ①I247.5

中国版本图书馆CIP数据核字（2017）第186893号

责任编辑：丁国生
封面设计：吴　杭
内页插画：笑　冰

我爹的那些往事

出版发行：东方出版中心
地　　址：上海市仙霞路345号
电　　话：（021）62417400
邮政编码：200336
经　　销：全国新华书店
印　　刷：常熟市新骅印刷有限公司
开　　本：720×1000毫米　1/16
字　　数：126千字
印　　张：11
版　　次：2017年8月第1版第1次印刷
ISBN　978-7-5473-1169-1
定　　价：42.00元

东方出版中心邮购部　电话：（021）52069798

目　录

第一章
好男儿志在从军　新婚燕尔别卿卿

我爹高中毕业的那一年刚满18岁，他没有报考大学，而是选择了去报名参军。在他眼里，大学生不如军人。不知哪一位哲人讲过：世间的书有两种，一种是有字的书，另一种是无字的书。学校里的书是有字的书，军队里的书是无字的书，这两种书都要读。有字的书读了12年了，现在要读一读没有字的书。

我爹读过不少闲书，“精忠报国”，“好男儿志在四方”，“活出个人样儿”等等的老古话、今人话对他影响不小。中学语文课本上有一篇文章叫《谁是最可爱的人》，对他的影响颇大。作者魏巍是一位军旅作家，他如果没有到过战场，没有经历过战斗的洗礼，这样的作品是绝对写不出来的。我爹打心眼里喜欢这篇课文，也佩服这位作家。我爹对写作有兴趣，寻思在军队可以获得写作素材，因为那时候的文学作品有许多都是写战争题材的。这也是他一门心思想当兵的原因。

体检五大项全是A，毫无疑问是合格了，政审也通过了，我爹如愿以偿，再过半个月便可以穿上军装上部队去了。

半个月一眨眼的工夫，谁知半道里杀出三个“程咬金”：我姑妈、

姑妈暗暗物色好了一个姑娘，准备把姑爹的堂妹作配我爹

姑爹和我爷爷三个人！他们一起琢磨要替我爹讨个老婆，“闪婚”之后再上部队去。我爹那时年轻，对男女之事讳莫如深，所以一提起这事，他羞得满脸通红，想也不想就一口回绝了。我姑妈是这件事的发起者，虽是临时动议，却又早有预谋。她理由很充分：我奶奶四十不到得恶毛病走了，我爷爷又当爹又做妈，好不容易顶着这个家，嫁走了女儿，又将这个儿子拉扯成人。我爷爷从小苦出身，营养不良，身板不结实，种地活累，肠胃病一直缠着身，儿子要是当兵走了，身边需要人照顾。因此，我姑妈暗暗物色好了一个姑娘，这姑娘便是我姑爹的堂妹。当初姑妈嫁到我姑爹家，头一次见到我姑爹堂妹时，她才15岁，长得水灵水灵的，我姑妈于是偷偷跟我姑爹合计，过些年一定要把这个“小精怪”说给弟弟做老婆。所以说这件事是有预谋的。

经过姑妈他们三个人的左劝右谏，我爹也有点动心思了。18岁的小伙子，虽然照现在城里人年龄讲，讨老婆委实太年轻了，但在那时候的农村里，我爹确也不算小孩子了，要成个家也在情理之中。

我爹动心的一个重要原因，是因为我姑爹这个堂妹是我爹高中里的同班同学，摆着她脸相、皮肤、身材条子是校花一级的不说，性格温柔、天资聪颖，肯不肯嫁给我爹，还是大打问号的事。我爹听我姑妈说要讨这位所有男同学看着都会发愣的女同学做自己的老婆时，心脏不由得咚咚跳，面孔烧得发烫，傻子似的不出声。

说服了我爹以后，我姑妈迅速开始行动，将进攻矛头对准我姑爹的堂妹。

我姑妈、姑爹两口子都是聪明人，两人商量着此事如果简单化地去说媒准没戏。虽然我姑爹堂妹没考上大学，年龄与我爹同岁，表面看说亲好像没问题，但高中毕业的姑娘，在农村里眼界也高着哩。尽管她们细胳膊细腿，干不了重的农活，挣不到大的工分，但一般的人想讨她们做老婆还是不容易，除非小伙子吃“公家粮”，那就算长得丑一点，还是有机会的。

我爹当了兵，表现好在部队提个军官当当固然好，退而求其次就算退伍回乡也可以吃“公家粮”，再说我爹绝不是那种尖嘴猴腮或五大三粗或矮矬子武大郎式的角儿，他蛮称得上相貌堂堂的男子汉。虽谈不上俊，也绝对不丑，男人嘛要那么娘娘腔干什么。我爹在高中班上虽然不是最耀眼的男神，但不管哪一方面也算较出色，一直当副班长这么个学生官，也颇受女生心仪，其中包括我姑爹这位堂妹。

姑妈和姑爹不断探讨，为了把堂妹这“小精怪”手到擒来，冥思苦想，终于想出了一个法子。

那就是，从堂妹希望达到的目的入手，解决她最急于解决的困难，将此作为上策。她的困难是种地，种不来地，吃不了苦。那就给她找个工作，当赤脚医生。正巧，我爹堂兄是大队书记，经过我姑妈、姑爹和我爷爷求情，我爹堂兄一口答应了。说是我们大队人口多，再增加一个赤脚医生不嫌多，只要她和我爹一结婚，就可以到大队医务室上班。

我爹讨老婆这件大事，在姑妈等人的策划和努力下，不到一个星期时间，便以迅雷不及掩耳之势完成了。因而数年之后，我姑爹的堂妹也就成了我妈，当然，这是后话。

我爹我妈虽然是高中时的同班同学，知根知底，但据我爹妈后来说，他俩在那个年代谁对谁都没有过好感。他们兴许各自有暗恋的对象，但他们都没有公开跟别人恋爱过。我爹我妈在结婚之前也来不及恋爱，只能先结婚后恋爱。因为事实上给他们的只有一个星期的恋爱时间，老天也确实太促狭了。青春年少，当他们洞房花烛之时，算是将恋爱这一步跳过去了，他们是纯洁的、幸福的，也许有人会认为，他们短暂的婚恋结晶便是我，不，由于他们年少无知，对如何争取爱情的结晶都不太明白。至于有我的诞生，那是以后的事。

一个星期夫妻缠绵的美好日子像流星一样转眼即逝。我妈将我爹送上火车的时候，两人哭成了泪人。

列车向祖国北方飞驰而去。车上载满了新入伍的战士，大家热情高涨，在领兵士官的带领下，一起学唱几首战争歌曲，歌曲曲调简单，但高亢有力，易教易会，大约半个小时，十几节车厢此起彼伏响起了歌声，歌声与呼啸前进的列车发出的轰鸣混合在一起，用“雄壮”两个字可以形容。

和此时激昂的情调不相适应的新兵不多，我爹是其中之一。他附和着大家一起唱军歌，但声音只在喉咙口转，脑子里还是我妈的影子，情绪总是提不上来。难怪，这之前的一个星期他是多么辛苦，尽管有我姑妈、姑爹和我爷爷以及我堂伯为他的婚事张罗，但许多事必须由他亲自去办，没有经验，缺少时间，白天黑夜连轴转，弄得他晕头转向。当两位新人被送入洞房的时候，两个人都几乎瘫痪了。

歌声渐渐停下，我爹不一会儿便在面前的木板桌上睡着了。等他醒来的时候，车外已是满天星斗，远处村落隐隐地灯光闪烁，领兵的班长告诉大家，列车已驶过山海关，正在向广袤的东北进发。

第二天清晨八九点钟，十几节车厢的新兵全部到达了旅顺口附近的一座海拔三四百米高的山脚下营房里，漫长的军营生活就要开始了。

这里的新兵是一个训练团的建制，班长及其以上的干部都是部队的老战士和老军官，副班长在新兵中产生。不知出于什么选人原

绿皮火车载着满车新兵向祖国北方奔驰

则，我爹被选为副班长——也就是说，踏进部队的那一刻起，我爹便“升官”了。而且，从编制上也好记，他是训练团一营一连一排一班的副班长，四个“一”。

我妈接到我爹第一封信的时候，为我爹的这个四个“一”的班副芝麻官高兴得一夜没有睡好觉。可是，好景不长，当我妈接到我爹第二封信的时候，一个晚上没合上眼，眼泪哗哗的，打湿了两条绣着一对鸳鸯的枕巾。原来，我爹的副班长职务给撸了。

撸掉我爹副班长职务的起因是这样的。那些年，国家粮食困难，主食和副食都缺，每月每位战士供应40斤口粮，副食大多是南瓜大白菜，荤菜每周供应两餐，每人二两猪肉。按当时农村的标准，这也不算低。但这伙新兵蛋子都是正在长身体的小伙子，整天列队、正步、摸爬滚打地操练，还隔三岔五地背着几十斤重的背包、武器、装具拉练，或者到海里去练习游泳，晴天一身汗，雨天一身泥，运动量之大一般人难以想象。这40斤口粮不全是大米、白面或高粱米，40斤中还有5斤是土豆、山芋，大白菜、南瓜没有油水，也不经饿。一句话，这些新兵蛋子长膘的不多，掉膘的却不少。

这种情况，大家都忍着。因为这些农村来的兵一是能吃苦，只要饿不死就不会叫苦；二是跟老家亲人比，这里的情况比他们好，不该叫苦；三是相信国家会慢慢好起来，用不着叫苦。

可是有一天，北京来了一位领导，顺便来训练团视察，关心一下新战士的训练和生活。我这四个“一”的爹当时太来事了。北京领导来到训练团的一营一连一排一班，正巧问到我爹，前面几个问题我爹回答得很使他满意，连连点头，后来问到吃饭问题，我爹的回答令他皱起了眉头，一言不发。就这件事发生的第三天，团部下令，把我爹副班长的职务给撤了。就因为我爹回答了一句话：“饭吃不饱。”

就这四个字，糟糕透顶，让我爹副班长的职务给撤了。这件事引起了训练团上下不少的议论。有人认为我爹不该在北京领导面前说“饭吃不饱”，因为这损害了一个军人吃苦耐劳、一不怕苦二不怕死的美好形象，给训练团丢了脸，也给军人丢了丑。我爹确实不够资格当副班长，甚至还应该受到一定的纪律处分；但也有人认为我爹讲的是大实话，并没有错，实事求是，大家确实“饭吃不饱”。作为军人，不应该在领导面前讲假话。讲了一句真话，你不表扬也就算了，何必还要撤人家的职！当然，这些议论都是悄悄地传开的，谁也没有公开地表示什么。军人必须一切行动听指挥，服从命令是军人的天职，加上训练团百分之九十以上都是老实巴交的农民的儿子，他们从农村来到部队，都怀着朴实的翻身感情，决心听部队领导的话，好好干，争取有一个好的前途，和自己无关的事尽量少沾边，所以，不少人都不发表自己的意见，即使私底下有一些议论，事情过去一个星期也就风平浪静了。

心情最坏的当然是我爹啦，除了在训练中回答必要的“到”、“好”、“是”这样的词以外，他一个多星期几乎没有讲过一句话。

心情不平静的人也有，那就是我爹一班的郝班长。郝班长同情我爹，他暗暗为我爹抱不平，但他从没有在任何人面前表示过什么，只是暗地里观察我爹的一举一动，生怕我爹受不住打击会出事。在大家休息的时候，他总盯着我爹。还好，我爹只是在休息时间偷偷地去擦枪，他把全班的枪支擦了个遍，还不时地擦营房的玻璃窗。郝班长有时也悄悄和我爹一起擦枪和玻璃窗，简短地和他拉上几句话，我爹从心底里感激班长的关心，尽管他不怎么回话。

郝班长入伍才三年，入了党，是干部苗子。这次从连队调来训练团当班长是上级组织对他的考察，是为他提供一次锻炼的机会。我

一班的郝班长很关心我爹这个“新兵蛋子”

爹任他的副手可能与他的推荐有关，对于我爹的工作，郝班长是满意的。眼前出了我爹被撤职的事，对他并不是一件好事。连长和指导员找他谈过话，告诉他撤我爹职是前些天陪同北京领导来视察的团长的意见，希望他不要背思想包袱，同时还要注意我爹的一举一动，做一些思想工作，争取尽快度过思想波动期。连长和指导员还嘱咐郝班长物色一位新战士接替我爹的位置，并容许他在全连挑选合适的人选。郝班长没有推荐，他表示说等些日子再说。连长和指导员对他的谨慎态度表示认同。其实，郝班长的想法是希望有一天我爹能“官复原职”，因为他认为我爹的话并没有错。但由于他所处的位置，为了今后的前途，他现在只能保持沉默，对于郝班长来说，沉默如金是千真万确的。

而打破我爹沉默的人不是郝班长，而是我妈。

我妈从我爹的来信中知道了他被撤职的消息，她知道这对我爹意味着多么大的打击！这种打击弄好了是一次对坚强性格的锤炼，弄得不好将会毁掉人的一生。我妈明白我爹需要她的支持，她含着眼泪写了一封长信寄给我爹，信中充满了对他深切的思念和热情的鼓励，并以生动的事例讲了农村农民目前缺衣少食的艰难生活，和部队每人每月40斤口粮相比，简直天壤之别。她婉转又恰如其分地批评我爹回答北京领导的话欠思量。表面上看，战士“饭吃不饱”是个事实，但中国几亿人都在挨饿，不少地方还饿死了人。部队有饿死的人吗？没有！并且，我妈还在信中这么说：你们训练团里恐怕有不少新战士因为在家饿得受不了才千方百计托人拉关系到部队当兵的吧，这些人也会像你一样回答“饭吃不饱”吗？这不是昧着良心说瞎话吗？

自从给我爹寄出信以后，我妈似乎变了个人，平时乐呵呵喜欢言语的人变得沉默多了。她没有将此事告诉我爷爷，也没有告诉来看望我爷爷和我妈的姑妈。她要将这副沉重的思想负担担在自己的肩膀上，对于一个18岁的姑娘，这副担子绝不轻。她指望自己的信寄出以后对我爹能起到警醒作用，并能给予他力量。她把丈夫的进步和前途看得比自己的一切都重要。在信的结尾处，她连续写了三遍"亲爱的××，我爱您"，还肉麻地写上了"我深情地亲吻您"，"像在被窝里一样地拥抱您……"

天哪，我妈烈火般的语言怎么不会使我爹警醒呢？他捧着老婆的来信，以百米冲刺的速度冲向小树林，背靠一棵松树一屁股坐下了地，号啕大哭起来，边哭边拍着大腿浩叹：我怎么这样糊涂呢！

我爹的一举一动郝班长都看在眼里。郝班长很快站在了我爹的身后，还没等郝班长上前说话，我爹一转身蹿起，紧紧抱住了郝班长的肩膀泣不成声："班长，我糊涂……"顺手将我妈的来信塞给了郝班长。郝班长看完我妈的来信，兴奋异常。他连声说：你爱人说得对，我国有好几亿人都在挨饿。你不知道，前几天，我们训练团五连在一名安徽籍新战士档案中发现他虚报年龄参的军，明明16周岁，他改成18周岁，团里要将他退回老家去，他跪在地上苦苦哀求，死活不走。原来他奶奶快饿死了，村里干部弄虚作假，虚报年龄让他参了军，为的是让奶奶去世时能闭上眼，让她的孙子不再挨饿。这位战士离家时，他奶奶刚断气，搁在门板上还没有出殡呢。后来仔细一查，虚报年龄入伍的还真有不少人，退回老家的事也就作罢了。

在我妈的启发下，我爹的情绪立马好起来了，第二天，他主动写了一份检讨书。检讨书虽不长，五六百个字，但作了深刻的自我批判。检讨书中还引用了我妈在信中列举的农民生活艰辛的例子，自我批判真诚有力，真是一篇有说服力的批判文章。

我爹将检讨书叠得四四方方，准备立马交给连长和指导员。就在此时，连部通信员把我爹叫到了连部办公室，连长和指导员两人一起在等他。我爹向连长行了军礼，不知道连长找自己为了什么，紧张得心怦怦乱跳。

连长请我爹坐下，指导员还亲自端过来一杯白开水放在我爹面前的桌子上。连长告诉我爹，由于十多天前我爹在北京领导面前说了“饭吃不饱”的实话，经调查研究，上级特批训练团的战士口粮从每月40斤增加到每月45斤，而且注明45斤主粮内不包括土豆、山芋等杂粮。为了保证战士们营养，还必须每月供应每人半斤猪肉。领导批示中还赞扬了训练团一营一连一排一班新战士在领导面前不讲假话、实事求是的思想品质，提议训练团予以表扬。团部连夜开会，认为撤掉我爹副班长职务是错误决定，我爹由团部发文通报表扬，并立即恢复副班长职务。

北京领导的批示，团部的决定这么突然是我爹始料未及的。他大感意外，眼眶里闪着泪花：连长、指导员，我那天的回答太欠考虑，给团里添了那么多麻烦，这是我写的检讨……我爹将检讨书双手呈上，交到指导员的手中。

我爹的检讨书也完全出乎连长和指导员的意料之外。他们说，看我们的新战士有多了不起，他的觉悟超出了常人的想象……

当天晚上点名时间，连队指导员向全连指战员宣读了首长批示和团部通报，我爹“官复原职”的决定正式生效。指导员还向大家传达了连队党支部的提议：经党支部委员会讨论，一致同意提议由我爹任一连团支部副书记，交全体团员大会通过。

掌声雷动，郝班长尤其激动，手掌都拍麻了。

点名结束以后，连长对郝班长说：你小子坚持让副班长位置空缺，原来很有想法呀。郝班长悄悄将连长拉到一边，低声说，那天我仔细观察领导，在听了我们班副的“饭吃不饱”的回答之后，他皱了一下眉，微微地斜眼看了一下训练团团长。我丝毫看不出对我们班副的不满，领导的嘴角稍微动了一下，像是欣赏我们班副的诚实。所以，我估计可能会有今天这样的结果。

“你吹吧，算你狠，一点不露声色，肚子里打小九九！”连长捶了郝班长胸口一拳，眉飞色舞大步流星地消失在夜色里。好事多磨，这个结局对连长、指导员来讲也是值得庆贺的，作为军队最基层的干部，他们总是小心谨慎，谁都不希望烦心事落在自己的头上。

消息传来，我妈自然是欣喜了好多日子。因为老公非但“官复原职”，还升任团支部副书记，要知道，团支部书记是由连指导员兼任的，所以，应该说连团支部副书记的职务从某种意义上来讲比副班长还重要。我妈成天喜滋滋的，她写的信起了作用。我妈情真意切的文字促使我爹幡然悔悟，从而写了那份深刻的检讨书，这份检讨书被连长和指导员看作是我爹觉悟和能力的见证——不让我爹进步都难！这份检讨书还被连长和指导员用作教育新战士要树立以连队为家的观念的教科书。连长和指导员在不同的场合均表达过相同的意思——

大家都是工人和农民的儿子，这几年，我们国家还穷，天灾和人祸夺走了我们许多生活必需品，尤其是活命的粮食。我们的父母及所有的亲人还在挨饿，尤其是农民，他们本来是粮食的生产者，现在，他们将维持生命的口粮交给了国家，自己却在挨饿，甚至饿死了人。正如×××同志（我爹）所说的，有的新战士仅仅将我们的部队当作“能吃饱饭的防空洞”，这多么可怕呀！我们部队是要打仗的，不是难民救济所。如果你还深深爱着生你养你的父母，那么，你就必须无条件地热爱培养你成长的部队，你也必须为了保家卫国无条件地作出牺牲，因为我们是祖国人民的好男儿，是保卫国家安全，保护人民生命财产的战士，而不是难民！我们要一不怕苦，二不怕死！这是×××同志在检讨书中的原话（是的，这句话是我爹检讨书中的原话，但是大家不知道的是，“我们是战士，不是难民”这句话是我爹从我妈给他的信中抄来的）。

连长和指导员还认为，旁观者这样认识问题可能不算觉悟高，但作为受到打击的当事人有如此深刻的认识是多么不易呀。话锋一转，连长和指导员又说，更加不易的是×××同志是个特别诚实的人，不讲假话，为讲的每一句话负责，这更显其可贵的品质。

经过连长和指导员反复宣教，一个18岁的新兵蛋子就这样在训练团里出了名。你一定会说是偶然的，但就我爹来说也许是必然。因为我爹讨了我妈做老婆，我爹往有灯光的方向走，获得成功的必然性增强了。

我爹我妈那时候天南地北关山阻隔，两人之间的信息传递和感情交流主要靠信件往来。当时不要说网络和手机，连座机电话也极少在农村里出现！要到邮电局直接打电话到部队，那是千难万难。如果有紧急事情，发电报是可以解决问题的，但发电报按字数计费，对农民来说极其昂贵，非十万火急没有人会发电报给亲友，为说私房话去发什么电报那是烧钱。我爹我妈不断地用信件相互联系，邮递员成了他们最热盼见到的人。尽管每封信在路上要辗转一个星期才能到达对方手中，但仍然是我爹我妈最盼望的宝贝。

我爹我妈经历了“大起大落”，患难夫妻恩爱深，此种两情相悦的感觉不亚于耳鬓厮磨。他们之间相互理解、相互支撑，感情逐渐加深。

三个月以后，我爹在训练团的生活结束了，期间经历了许许多多的事，受到很多锻炼。我爹结束了训练团生活后，被分配到海岸炮兵连当兵，之所以分配到那里，也是郝班长的原因，郝班长原先是这个炮连借调到训练团的，训练工作结束后他便回原先的连队，并且由火力排一班长升任火力排排长。我爹是他赏识的新兵，顺带将他分配到自己管辖的一班当兵，担任装弹手。装弹手，顾名思义就是往火炮里装炮弹的兵。那种火炮是苏联军队留下的，现在早就淘汰了，可那时候还是宝贝，保密得很呢。那种火炮弹头和火药包是分开装的，弹头先进膛，火药包后进膛，火药包在炮膛内燃烧后将弹头推出，完成火炮发射。我爹这个装弹手只管装弹头，火药包由装药手完成。弹头重四十来公斤，火药包重十一二公斤，所以当装弹手是个强体力劳动，他比装药手要累。每天训练的时候，弯腰从地下的弹头架上双手抱起四十来公斤的弹头，直起身子往炮膛边上的装填架上放，每天操练一二百次，那腰的功夫可见一斑。平时训练时，抱起的弹头是假的，是一颗教练弹，但它的重量不会比真的弹头少一两。

可以这么说，在全炮连，火力排的火炮装弹手干的活是全连战士中最累的。郝排长之所以安排我爹当装弹手是有他的小九九的，他认为我爹是有培养前途的战士，得先从最累的活干起。

我爹当上装弹手的那一天，也是我妈在赤脚医生培训班结业的同一天。俗话说患难之交、患难夫妻，都患难在一起了。你说巧不？

装弹的难度在于装弹手要有强健的体力和精准的操控，技术含量不高。一位新战士从刚接触新岗位到成为一名称职的装弹手用不了三五天时间，而赤脚医生就不同了。赤脚医生要能识得常见病，会对症下药，单这一条，仅仅学了三个月就去干，那可真是玩命的事。现在大医院的医生，哪一个不是在正规医科大学学个五六年，再实习一二年才有处方权的？相比之下，赤脚医生给人治病，堪称胆大包天。奇怪？你别不服气，现在看来不可思议的事情那时候都合情合理。我妈这个才18岁的丫头片子，只在“速成班”速了三个月，给病人打针吃药的事麻利地就干开了。有开错药的时候，但没有吃死人的时候。我妈跟我说过一些事，我至今还记得。说有几次没有给病人识准病，使错了药，她发现后立即上门诊治，给病人换药治，讲好话，病家千恩万谢。病愈以后，常常送些鸡蛋和时鲜蔬果之类的感谢我妈。我妈说，那光景脸臊得慌，推不掉人情，也就收下了。心里记着，要好好给乡亲们看好病，才对得起大家，否则，真该挖个坑把自己埋了！

我妈正是在“如果治不好乡亲们的病，就自己挖个坑把自己埋了”的思想指导下全心全意为乡亲们服务的。不管青天白日还是半夜三更，不管温和春秋还是严冬酷暑，只要治病，刻不容缓，立马动身。有时正在炒菜做饭，病家来人请治病，饭菜烧了一半，她压灭了灶火跟着来人就走。返家时，我爷爷正在吃夹生饭。我爷爷从大田回家晚，夹生饭再也烧不熟了。我妈常为这事向我爷爷作自我批评。爷爷笑呵呵地说，没事，治病如救火，不压灭灶火救不了火嘛。爷爷对我妈这个儿媳妇没的说，就两个字：喜欢。你想，我妈对乡亲们这样上心，乡亲们见到我爷爷能不夸吗？！

我妈赤脚医生干得不赖，自然也常常去信鼓励我爹当好这个装弹手。在很多人眼里，炮连里最没有出息的就是装弹这活计，就是一个简单重复的劳动，不像电话班、电机班、仪器班那些工作技术性强，退伍之后可以派上用场。装弹这活计，退伍回乡也没有同类工种给你玩的。所以，有些新战士最担心当枪炮兵，私下里嚷嚷着枪炮不会扛到家去，不要说不如电话、电机、仪器班了，连炊事班，甚至连喂猪放羊都不如。做炊事班的火头军也是门技术活，退伍回乡可以开饭店掌大勺当大厨，喂猪放羊指不定也可以回家开养猪场或养几十上百头羊挣钱。

养兵千日，用兵一时。当兵就要作好打仗的思想准备，说不定哪一天会爆发战争，老是想当和平兵怎么行，把在部队干什么军种、兵种、岗位当作退伍之前的技术储备的思想也要不得。至于对即将退伍的老兵，提前给他们做一些地方急需工作的技术培训，有利于他们回乡后的发展，这是另一回事。

对于当装弹手，我爹有他自己的理解。说老实话，他缺乏当兵打仗的思想准备，但他也没那种到部队学点技术回乡派用场的市侩想法。在他眼里，玩枪玩炮是一个战士的本职，没有玩过枪炮的战士是经历不完整的战士，因此他对当枪炮兵情有独钟。

岸炮连轻重武器齐全，手枪、步枪、冲锋枪、轻机关枪、重机关枪、高射炮、对海射击火炮什么都有。我爹喜欢当装弹手，他认为，最简单的工作最有生命力，军人的所有工作都是从简单从基础开始的。如果将基础打牢，往上搞建筑就有了保证。当好了装弹手，火炮上的其他岗位如瞄准手、射击手，甚至连炮长等等这些对于我爹还难吗？那简直是小菜一碟。将上百斤的弹头迅速、准确地推进炮膛令炮弹及时发射，这是夺取战斗胜利的关键。而且，在我爹眼里，电影、报刊中那些令人振奋的战斗和生产的场景，都是一些依靠人的体力、张力、活力来表现的，例如机枪手瞄准时的全神贯注，炮兵装弹手的勇猛，炼钢厂炉前工人的刚毅，农民用双手挥舞镰刀的强而有力，等等，无不体现了人类强大的生命力。我爹他认准的生命文化精神，可能是理想主义的，他孜孜以求的是精神和物质的统一，既不是纯物质，也不是纯精神的那种。

郝排长最懂我爹的心思，他会琢磨人，也会琢磨事。他组织了一次火力排装弹手比赛。因为每门炮有一到三名装弹手，其他炮手也可自愿参加，参加比赛的人有十七八个。比赛的项目就一个：装填模拟弹三分钟，谁装得又准又稳又多，则获得第一，依次取头三名颁奖，发一张证书，以资鼓励。我爹三分钟装85发，而且每发都又准又稳（不准不稳要扣分），稳获第一名，因而特别高兴。这是他当装弹手后的第一次比赛，不仅合格，而且优秀。这消息传到我妈那里，在我妈眼前浮现出一位英气十足、穿着海魂衫的战士双手捧着炮弹头向前冲锋的形象，这形象在我妈眼里无比高大英勇，因为这位勇敢的战士就是她男人。

我妈写信希望我爹照一张在装填架上装弹的照片，因为这可能比挎着冲锋枪的毛主席的好战士雷锋同志还帅。可我爹告诉我妈说，连队不让这样照相，因为需要保密，令我妈非常失望。如果放到现在，就在一个铁架子旁边照一张装炮弹的照片，还有什么可保密的呢？现在连火箭军里的导弹也在大街上让人随便看哩。

装弹比赛一炮打响，我爹在炮连名声大噪，其实一个两百人不到的小连队里这么一点成绩值不得大惊小怪。可这摆在一个自尊心极强的年轻人身上，却令他有些飘飘然。

郝排长及时提醒我爹：别飘，这次得了第一，只是两万五千里长征走了第一步，装弹行，其他岗位的活呢？你行吗？要一样一样地学习，而且都要学精了，我会让你把火炮技术学个遍！另外，他还将一个任务交给我爹，就是要把一本俄罗斯的《火炮操作简易教程》翻译成中文。翻译俄文教材对于我爹来说有点难度，尽管我爹在高中读书时俄文基础打得不错，他还是班里的俄文课代表，但翻译一般文章还可以，翻译技术性强的俄文就没那么容易了。郝排长料到这些困难，特地从市里新华书店购买了两本不同版本的中俄翻译辞典作为工具书。郝排长让我爹试着译译看，行不行另说，成了最好，不成也没有关系。我爹没有推托，也没有打包票，答应试试。

连续三个多月，我爹利用星期天的时间，还有郝排长特批的时间，例如参加公益劳动的时间等，见缝插针，终于将"教程"译成中文了。翻译的过程，也是全面学习火炮构成的过程。每遇到一个陌生的零件名称，我爹都要趴到火炮上去寻找，和教程中的图像比对，将名称、功能、操作方法等弄准确了才罢休。这样的翻译比炮校里学习火炮技能还要过细。译完"教程"，我爹将火炮结构弄得清清楚楚。哪一个零件在什么位置，叫什么名称，有什么作用，以及如何拆卸、保养等都记在脑子里。甚至什么部位容易发生什么故障，如何排除都搞得明明白白。

部队不管大小事情，都讲究保密。新译出的"教程"自然属于保密一级的，不要说印成铅字图案，钢版刻印都不容许，只准每班派人抄写一本，使用结束后交排长放到连部保密柜里锁起来。

在郝排长的指令下，我爹在火炮上所有岗位都干了，他成了一名全能炮手，理论和操作都拿得出手，这都是郝排长培养之功。连长和指导员也知道火炮排有我爹这么一位新兵能人，他也成为连部刻意关心的人物。这不，我爹来到炮连半年时间，军衔从列兵到上等兵、下士再到中士，连升三级，这在炮连历史上可是从未有过的先例。晋升为中士衔的同时，还被正式任命为火炮一班副班长。这次当副班长可不像训练团的副班长，训练团里的副班长是临时性的，训练结束分到战斗部队后这副班长就作废了，而如今的炮一班副班长可是正儿八经的副班长。他还是炮排的火炮教员，每次上课都有他的任务。连长、指导员都听过他的课，一致认为他讲得不比炮校里的教员差，评价很高。反正我爹比别人是脑子快一些，再说炮连里有高中文化程度的也是凤毛麟角，比别人强一些也应该吧。

我爹所在的炮连在渤海的一个海岛上，这个岛由几座山头组成，老百姓有五六千人，相当于现在一个乡的人口。漫山遍野长着榛子树，其他树种相对较少，所以叫做榛子岛。榛子岛位于祖国边陲，在全民皆兵的日子里，这里的老百姓特别活跃，军民关系鱼水情，拥军工作做得特别好。据我爹说，在岛上当兵这几年从未自己洗过一次被、缝过一次被，衣服也很少洗，连臭袜子、脏衬裤都让那些大姑娘小媳妇搜去洗了。为什么说是搜呢？因为战士们不好意思让她们洗都给藏起来，可她们照样把臭袜子、裤子给搜走，洗净晒干后放到你的床头柜里。嗨，不说谎，他们的床头柜都是开着的，不准上锁，大姑娘小媳妇都知道哪个柜子是谁的。为了不搞错被子和衣服是谁的，她们都用红丝线在被子和衣裤上绣上各人的姓名。说真的，岛上的战士（当然还有别的部队和别的兵种的战士）没有一个是邋邋遢遢的，走在大马路上光鲜鲜的，个个都挺神气。

不过，话说回来，我爹他们也不让老百姓白干，人家大姑娘小媳妇的拥军拥得那么好，你当兵的也得爱民呀。岛上百姓以打鱼为生，青壮年男子大半年随机帆船出海捕捞去了，长年居住在岛上的大多是妇女、老人和小孩，老百姓的地，不管是集体的地还是自留地统统由战士们包了。种的庄稼不外乎苞米、高粱、山芋、土豆、南瓜、蔬菜之类，反正当兵的都在农村长大，干这些活是行家里手，不难。但对于老百姓来说解决了缺劳动力的大问题。而且粮食蔬菜是老百姓缺少不得的东西，民以食为天嘛。

拥军爱民是岛上军民生活的重大主题。每年春节前都要表彰一批拥军爱民的模范。经常来岸炮连的一位年纪最大的妇女就是全岛、全县闻名的拥军模范，听说她到北京开过会，领过奖状。大家都

拥军大妈要求部队派人指导女民兵操练火炮

亲热地叫她拥军大妈。

拥军大妈特地找到岸炮连连长，要求连队派一名战士训练她村子里的女子民兵班学习操练火炮。经过认真的筹划，连长和指导员向上级作了请示，同意了她的请求。女民兵火炮训练班教练由我爹担任。这样，我爹又多了一个头衔：军代表。女民兵们都这样称呼他。女民兵班的班长是拥军大妈的儿媳妇。

我爹成天跟火炮打交道，跟这一堆大姑娘小媳妇打交道纯属外行。如何干好这项工作，他心中没底，专门向郝排长请教，郝排长也没有干过这种事，更说不清个子丑寅卯，只是说该怎样就怎样吧，别太当回事，让她们熟悉熟悉就可以了。我爹去请教连长，连长也不怎么热心这件事，只是碍于拥军大妈这位远近闻名的模范，不可驳了她的面子才勉强答应派人训练女民兵的。连长叮嘱我爹，操练时注意一别伤了人，二别磕了炮，三注意军民关系。

我爹为此事专门写了封信，告诉我妈最近又派了“军代表”的差事，觉得挺别扭，与女人打交道蛮难弄，希望征求一下我妈的意见。我妈也觉得别扭，明明都是男人的部队，怎么又掺和进一帮娘们来？还征求我意见，啥意思！我妈是个明白人、聪明人，也是个干练的人。她在回信中不阴不阳地来上了几句，说是你如何教女民兵操炮的事我一点也不懂，只是如何与她们相处搞好关系的事我提供你一点意见作参考，那就是在你的心中只有工作任务，不能有别的。你心中的女人一定得是我一人。

我爹看到我妈的信，心中喜滋滋的。这小女人真是我的好老婆，还生怕我在外面彩旗飘飘，怎么会呢？！瞄过几眼女民兵班的大姑娘小媳妇的脸蛋，都是黑不溜秋的，就那位班长、拥军大妈的儿媳妇还稍微白净一点，这儿一麻袋没有一个能和我老婆比。我爹立即将这些话向我妈作了汇报，最后斩钉截铁地写下：我心中的女人只有你，你心中的男人也只能是我。

瞧，这就是我爹我妈这对小夫妻在那个年代的爱情，他们是纯真的，心是透明的，大概也是幸福的。

我爹“军代表”的身份本来只是一种调侃，但不久弄得认真起来了，这得从拥军大妈说起。拥军大妈此人不简单，她通过连队上级的上级下达指令，凡岛上的炮连都承担起训练女民兵的任务，一时间如雨后春笋建起了十几个女民兵火炮班、高射机枪班和轻武器班，“军代表”原本只是“让她们熟悉熟悉”的想法过不去了，还真刀真枪地要搞实弹射击，基地几次派参谋干事到岛上来传达“全民皆兵”的精神，同时总结典型经验予以推广。我爹带的女民兵炮班起步早，各方面比较成熟，七挑八拣地被基地当作了先进典型。一时间，本岛的、外岛的、陆上的兄弟部队和地方民兵的人川流不息到我爹的那个岸炮连学习取经。连长、指导员当然高兴啦，郝排长鞍前马后地负责接待，他可是我爹这匹千里马的伯乐，功不可没。

女民兵炮班实弹对海上目标射击那天，连队特地杀了一头大肥猪，拥军大妈让人扛来四大筐三百多斤海鲈鱼，那是她捎信让捕捞队特地送来的。岛上领导、县里领导和基地首长（听说是少将副司令）都来了。那天，炮台后边山头站满了人，当靶船从左边向右边驶过火炮时，三发炮弹在半分钟时间内发射完毕。接着再一次下令，嗵、嗵、嗵又是三发炮弹刷刷地飞出炮口，霎时间统统落在靶船位置。指挥所突然下达停止射击的命令。咦，不是还有三发炮弹没有放吗，怎么就停止发射了呢？原来，发射的六发炮弹命中率实在太高，其中四发炮弹直接命中靶船，将其中三只大空铁筒打穿漏水，靶船的尾部斜沉到海水中，如再有一两发炮弹命中其他部位，靶船整

连队杀了一头大肥猪，准备军民联欢

个儿就可能沉了。

太了不起了，破天荒的。对海上目标实弹射击提前结束，我爹带教的女民兵炮班获得圆满成功。岸炮连打响了，榛子岛打响了，全民皆兵的旗帜高高飘扬在一个小小的海岛上。一周以后，女民兵炮班受到了基地通令嘉奖，基地为我爹个人颁发了三等功奖状。

不到20天，我爹家乡领导带领一帮男女老少敲锣打鼓到我家祝贺，给我爷爷和我妈送上大红喜报，祝贺我爹荣获三等功，热闹的场面那可是比我爹和我妈结婚典礼时气派多了。

送喜报的前几天，我爷爷刚刚大病初愈，面容憔悴，身体还很疲惫，突然到来的喜讯使他精神为之振奋，脸上平添了许多喜色。那天我姑妈和姑爹也在，我爹的堂兄全家人也在，左邻右舍乡亲们也都来了。大家围住我妈一个劲地说恭维话，我妈脸带微笑，眼眶里噙满了泪水。

要说我爷爷这场病，让我妈遭的罪受的委屈可太大了。

我爷爷从小肠胃不好，是天生遗传或小时候饮食不良造成的也说不清楚。随着年龄增长，时不时地胃痛胃胀，或肠绞痛，或便秘，用过各种药，效果都不明显，中西医都看过，说法差不多，就是断不了根。我妈过门来后，带他到大医院拍片查病也没有查出个所以然。

平时发病，只要能忍，我爷爷照常下地干活，从不连累别人。有一天我妈从医务室回家，我姑妈也在，她是我爷爷托人带口信方回家的。我姑妈哭着告诉我妈，说是我爷爷不行了。我妈大吃一惊，问什么事这么严重。我姑妈说我爷爷已有一个星期不拉屎了，肚子胀得快裂了。我妈奇怪我爷爷为什么不告诉她呀，我姑妈说，这种事，咋好意思跟儿媳妇说呀。我妈说，儿媳妇不也是女儿吗，再说她还是赤脚医生。两人边说边往我爷爷房间走去，这时我爷爷蜷缩在床角落里痛得浑身抽筋，嘴巴里发出呜呜响声，咬着牙就是不说话。我姑妈和我妈费了大力气将他从床角落拖到床边沿，只见他脸涨得像猪肝，双眼紧闭，双手捂着肚子连哼哼的力气都快没有了。我妈搭了一下爷爷的脉，每分钟一百五六十次，摸一下肚子，肚子硬得像铁板，真的危险了。

我姑妈问是不是送医院去，我妈说来不及送，赶紧抢救。我姑妈问谁来抢救，我妈说："就我们俩，快，把爹的裤子扒了！"

我姑妈傻眼了："怎么，脱爹裤子？"

"脱，快点脱！再晚来不及抢救了。"我妈一边命令，一边麻利地拉下我爷爷的裤子，连内裤一起扒下，脱了个精光。我妈说赶紧将堵在肛门的硬屎抠出来，只有这办法，再好的医院，再高明的医生也是这办法，不抠出来要憋死人的。

听了我妈的话，我姑妈也不顾忌什么东西，说做我妈助手，让我妈取小匙子来。

我妈很快拿来了那种取瓶子里药片的药匙，还有手电、纱布和润滑油之类的东西。为了救老人的生命，她们也顾不上男女有别，羞耻之类。我姑妈双手扳住我爷爷的双膝向两侧分开，我妈用纱布包住我爷爷的命根子，把涂过润滑油的药匙慢慢从肛门边轻轻伸向里边，达到一定深度再凭感觉搅动，由于结块屎较多较硬，不可一蹴而就，要逐步剥离才行。

经过近20分钟努力，在取出最后一块硬屎的当儿，一股稀屎水枪似地从肛门口喷射而出，我妈来不及闪开，被喷得满嘴满脸都是，姑妈稍好一点，但衣服和手臂上也都溅上了稀屎。

爷爷得救了。我妈病倒了。

照说这事也就结束了，没有人知道抢救我爷爷的经过呀。错！

在我们农村里，虽然没有安装今天那样的探头，但哪户人家被窝里掐死一只跳蚤都会传开，你说怪不？

果不其然，我妈和我姑妈抢救我爷爷的事情在村子里传开了。有人说这两个女人也孝心，不简单，好样的。然而也更有人说，抠老公公的屁眼算孝心吗？这种女人，还有什么不敢干，大家伙得提防着点。

气死人了！我妈终于病倒了。更气人的是等我妈病刚好到医务室上班时，几个小流氓躲在外墙根学骡叫：医生，给我也抠抠屁眼……

混蛋，你说这世界还有个公道吗！

我妈就是这样一个女人，她善良、单纯，没有什么心计，只要她认为应该做的，她就会毫不犹豫地去做。我妈的工作涉及全村人的健康，因为没有人不生病，只要你生病，就会想到我妈。缺医少药的农村，赤脚医生似乎成了病人的救世主。农村对一些散播迷信思想的巫医是打击的，政府断了他们的财路，他们就在暗地里使阴风点鬼火散布一些针对我妈的谣言；一些生活作风不正的流氓看我妈年轻漂亮，有事没事往医务室里蹭，当着我妈的面做一些下流动作，说一些下流话，弄得她十分尴尬，非常恼火。我妈是个沉得住气的人，把一切都闷在肚子里。

有一次，支部书记，就是我爹的那位堂兄感冒发烧，到医务室开感冒药，顺便问我妈工作情况，我妈见是书记关心她的工作，便简单地汇报了自己的一些委屈。书记在一次大会上不点名地批评了那些造谣的人，并严厉地警告这些人：赤脚医生是农村革命的新生事物，谁要是胆敢破坏就要对谁不客气！

自此以后，那些对我妈不利的人和事少了许多，我妈对那位当书记的堂兄很感谢。一个农村的弱女子，有领导为自己撑一把，尤其在困难的时候帮一下，那情况是不一样的。

不久，县医院派医生下乡办针灸疗法学习班，我妈也参加学习了一段时间。邻近不远的地方有赤脚医生传授草医草药的中医疗法，我妈也隔三岔五地上门讨教。凡是附近有医生有较好的医疗技术，她都会虚心请教。慢慢地，我妈的治病本事大了，老百姓对她的信任度也提高了，捣乱的人也少了许多。当了几年赤脚医生，日子过得还算顺心。

第二章
革命熔炉火苗旺　坎坷夫妻恩爱深

转眼间，我爹在部队当兵也两年多了。虽然很想回家看看，但不敢向领导提。因为全连几乎没有一个人在参军三年内探过亲的，除非家里出了特殊情况。我爹参军刚满两年时，一班班长复员回乡，我爹由副转正，被任命为火力排炮一班班长，工作更加吃重，脑子都用在工作上，回家的念头常常被压在心底了。

连长和指导员，还有郝排长分别和我爹谈过话，透露风声，说是要重点培养我爹，争取提干留在部队，我爹也有这愿望，为了表现自己，给领导、给组织一个好印象，自然干得更加卖力气。刚到部队时，几乎每天给我妈写信，渐渐地信写得少多了，到后来两星期只写一封信。以前在信中深情款款，后来只报报流水账。用他自己的话说：激情给汗水涮掉了。话是这么说，但小夫妻的感情生活之火说不定什么时间会突然燃烧起来，只有我爹我妈自己心里明白。

我记得，有一次我妈曾经跟爹开玩笑说过，你那段日子为什么给我写的信那么少，信中的体己话也那么少，难道你突然变心了？我爹被说得脸红脖子粗。我妈紧盯住他，你有没有想别的女人？我爹结结巴巴地说，老夫老妻的，孩子快成家了，还提陈年旧账干啥呀。我妈缠着他交代问题，他没法，只得如实招来。

我爹常常会讲出一些富有哲理的语言，被逼说出的这一段经历也从他哲理的话语开始：人呐，真是一种奇怪的动物。容易得到的东西他常常弃之不取，或者即使得到了也不加珍惜，尽管这件东西多么宝贵；而对于不容易得到的东西却常常想获得它，尽管这东西本不该属于你，也可能完全是很一般的东西，不值得你那么动感情。当你想明白的时候，你的心会觉得很累。

那是那年小年夜的下午，榛子岛守备部队在军人礼堂召开春节军民联欢茶话会，会上安排了一些文艺节目。我爹和拥军大妈的儿媳妇两人表演一个节目，男女声二重唱《毛主席的话儿记心上》。原本这首歌由拥军大妈的儿媳妇，也就是那位女民兵班长一个人唱就可以了，她却偏偏向导演提出和我爹两个人一起唱，体现"军民一起听毛主席的话"意义更好。导演采纳了她的意见，就这样独唱变成两人二重唱了。

正式演出前两三天，自然需要练习一下。我爹和女民兵班长的合练安排在军人礼堂隔壁的排演厅里，时间都是在晚上，白天我爹连里工作忙，为了不打乱正常工作部署，只能将合练安排在晚上。演出预练的节目有好几个，白天晚上的都有。

天气在零度以下，很冷。那年代没有空调，但房子设计时有壁炉，室内温度在20℃左右，演员们可以穿演出服装试排，不至于着凉。我爹身穿单军装，在寒冷的冬天显得更为帅气。那位漂亮的女民兵班长身穿红色的确良长袖衫，下穿黑色长裙，更显得婀娜多姿。女演员的此种装扮，平日里很少见。不要说在一个小小的海岛上，就是在大城市里，那也挺少见，尤其是少妇，不大会有如此装束。女民兵班长个子高挑，身材苗条，长着那说书人常说的鹅蛋脸、柳叶眉，白皙的皮肤更衬托出她的楚楚动人。我爹虽然不算丑，但与她站在一起，还是有一点相形见绌。好在女民兵班长热情友好，练歌前常常主动来牵我爹的手，我爹略显忐忑的神态才有所缓解。除了我妈，我爹从读初中开始，从来没有牵过别的姑娘的手。女民兵班长柔软的手拉住我爹的手，我爹心跳加快，皮肤发热，澎湃着男人初次与女人肌肤相触碰的本能的激动。

最让我爹心情紧张的是，他和对方唱着唱着，忽然间女民兵班长那酥软的胸脯紧贴到他臂膀上，我爹唱的歌开始跑调了。他局促的神情使对方一怔："对不起，我——""没有事，没有事，"我爹赶忙解释，"你太那个，太美，对不起。"两人相对而笑，歌声继续，我爹和女民兵班长的身子贴得更加近了。

我爹说，那一回他突然间更加思念我妈，信开始写得多了，挑逗我妈的情话也开始写得多了，我妈也说有这种感觉。我爹说由于那一次文艺演出之事想到我妈，这话我信，但我爹和那位年轻美貌的女民兵班长以后有什么进一步发展，例如在哪一天在一个什么特殊的场合拥抱亲吻或更进一步的动静我就不得而知了。有人说，坐怀不乱的男人不是男人，是啊，十个男人中，有几个男人能坐怀不乱呢？

我爹我妈分隔两地三年出头，三年来他们的日子起伏跌宕，包括衣食住行之艰难，偶尔疾病之困扰，两人间相思之心日复一日，年复一年。他们把自己交给了时间，时间会在他们的地图上抹去跨越两千多公里路程的陆地和海洋，总有一天，他们会像神话中的牛郎织女似的七夕相会。

然而，不太平的日子又缠住了我爹我妈。

一天，通信员将我爹叫到连部办公室。所谓连部办公室，那里是连长、指导员、副连长和副指导员合署办公的地方，二十来平方米的

我爹和女民兵班长登台合唱

房间摆了四张办公桌。四张办公桌都一样大，靠窗户拼放在一起成长方形，占去房间一小半的位置。我爹进办公室时门敞开着，靠近窗口坐在门对面的连长和指导员都在，我爹向连长和指导员行了个军礼，连长和指导员同声请我爹坐下，我爹不知道连领导找自己有什么事，也不敢问，悄悄坐在副连长空着的木头椅子上。

指导员起身端过来一个预先准备好的搪瓷杯，杯里盛了大半杯开水。指导员说有一件比较重要的事想和我爹商量一下，说是我爹家乡组织寄给连队一份公函，这封信和我爹直接有关，要求部队领导将此公函转交给我爹，并且协助地方组织做好我爹的思想工作。

我爹接过指导员递过来的公函，一看之下，惊出一身冷汗。

公函里有一封家乡盖着一个“××××××战斗队”组织公章的公文式的信，信中说道：某月某日某时某分，身为支部书记的某某某（我爹的堂兄）以关心为名，闯入你老婆工作的医务室，猥亵你老婆。又某月某日某时某分，这位某某某丧心病狂奸污了你老婆。现在某某某已被我组织控制，但他矢口抵赖，不承认罪行，所以我们组织出面与你联系，希望你以军人的名义，起诉这位奸污军人家属、破坏军婚的坏分子。

正是一个晴天霹雳，我爹脑子一下子炸了。

那公函还说为了向我爹报告情况，还附上“发小”们署名的检举揭发材料信件。（所谓“发小”那就是我前面提到的几个躲在墙脚根调戏我妈的小流氓。）“发小”们在信中绘声绘色地讲了他们如何怀疑、发现支部书记犯罪的事实经过，从他们描述里，我爹的堂兄是一条百分之百的色狼，我妈呢，他们不敢说她是破鞋，但我爹从他们的字里行间看得出来那种意思。

我爹头皮发麻，完全傻了，身子重重扑倒在办公桌上，呜呜咽咽不敢哭出声。

沉默了好几分钟，我爹的情绪稍稳定下来后，连长和指导员才开始说了许多安慰他的话。事实上，连长和指导员对此事也感到棘手，不知从何说起。他们在找我爹来前，两个人已经商量过一阵子，如何做好我爹的思想工作，他们心中也没有底，他们最大的愿望是我爹能挺过这一关，绝不能出什么事。至于这种事是真是假，他们也无法弄清楚，要不要起诉，还是让我爹自己去决定，让我爹慢慢考虑，不可意气用事。他们很同情自己的战士，他们提供的意见只是"看看再说"、"别急"、"我们相信你一定会闯过这一关"、"天塌不下来"……

可惜，对于我爹个人而言，这是件塌天的大事，我爹的心萎了。我爹和我妈刚二十出头，见的世面真不多。那场让人"见世面"的运动，对榛子岛影响不大。为了稳定军心，守岛部队战士基本上不听广播，不看报纸，事实上每个连队只有一台收音机，锁进了柜子谁也听不到，偶尔连长指导员悄悄打开柜子的锁，两个人将收音机音量放低低的，像解放前我地下党员收听延安广播似的，他们知道的信息也不多。战士们从家乡亲人们的来信中知道一些运动的情况，今天这帮人斗那帮人，明天那帮人斗这帮人；今天这个干部倒台了，明天那个干部自杀了。什么原因、怎么回事，大多没有闹明白。一些家乡寄来的宣传资料班长从战士手中收起来交给排长，排长交给连长，谁也不许看，收多了，点一把火，烧了。

也好，战士们少知道一些"见世面"的事，可以多将精力放到备战上去；也不好，像我爹家里出了这么件大事，他稀里糊涂不明就里，一个人闷头苦恼，理不清头绪，到底这个运动怎么回事？他不知道，眼前发生的事与"见世面"的运动似乎不搭界，但他想不明白，为什么老实巴交的堂兄会这样？为什么那几个所谓“发小”这么关心起这些事来？这个“××××××战斗队”的组织算什么东西？一个又一个问号，他解答不了。我爹从连部返回宿舍瘫倒在床。好在那时候副班长领着全班战士去山脚下垦荒种地去了，宿舍里没有人，他关上房门，一个人哭得呜呜的。

不一会，郝排长打开了房门，他是指导员派来与我爹谈心的，为了避免我爹一时冲动寻短见，郝排长暗地里负有观察动静、保护我爹安全的任务。另一方面，郝排长能说会道，我爹对他很崇拜，他的话，我爹爱听，郝排长保护我爹是最合适的人选。

这会儿，郝排长这个最合适的人选也有他烦恼的事。郝排长的父亲解放前是党的地下交通员，原来是县政府的民政局长，前些日子，运动到他父亲头上，一个什么“战斗队”找到了一个什么证据，说他父亲在做地下交通员时被人抓去过，变节当了共产党的叛徒，出卖过共产党地下党员。妈妈的，叛徒、特务还得了！他父亲从局长位子上下来了。郝排长提升为副连长的报告搁浅了，你说倒霉不！不过，郝排长可不像我爹那样沉不住气，他是一个涵养功夫极好的人，啥事都装得下。拿通俗的话讲就叫“宠辱不惊”，是那种相当高的精神境界。我估计郝排长和他父亲一样是个不简单的人，他父亲年轻时就是共产党地下交通员，没有两把刷子哪成！

郝排长给我爹带来老家的另外三封来信：一封是我妈写的，另一封是我姑妈写的，再有一封是我爹堂嫂写的。

怪只怪我爹年轻时好冲动，容易上“先入为主”的当。昨日“发小”的信像糨糊一样将他脑浆子弄浑了，令他在某种程度上滋生了对我妈的怀疑情绪。他知道这三封信说的事与“发小”们说的是同一件事，但口径是各不相同的。他很想知道三封信说的是什么内容，但偏偏将三封信狠狠地摔在床头柜上。

郝排长笑笑说："怎么，不想看，那好，我将信退回去，说查无此人怎样？连老婆的信都不看，你还算是她男人吗？连姐姐的信都不看，你还算是弟弟吗？"

在郝排长督促下，我爹忙打开了我妈写给他的信，信是这样写的：

亲爱的猪（"猪"是我妈对我爹的昵称，因为我爹属猪）：

已经有三个多星期没有给您写信了，日夜都想念您。这些日子家乡太乱，一天一个变化，我真怕今天告诉了您的事到明天就不作数了，所以我一直希望等一个合适的时间给您写信，这样才不至于让您为家乡的事情分心。

可是今天，再也等不下去了。亲爱的猪，我必须写封信告诉您，您的那几位所谓"发小"的朋友将我逼上绝路。他们说我上了坏人的当，受了坏人的骗，犯了错误。坏人便是他们一心要打倒的党支部书记，您的堂兄，您的堂兄被他们说成是破坏军婚的坏人。昨天，他们将您堂兄抓走了，听说关在一个什么司令部里，一条腿给他们打断了。在他们眼里我是一只"破鞋"，只是因为我是军人的家属，他们没有当着我面这样骂我，只说我是个"上当受骗犯了错误的人"。

他们要打倒您的堂兄，要将他从支书的位置上拉下来，找不到合适的理由，现在他们终于找到了理由：破坏军婚。法律规定，破坏军婚是要吃官司的。从生活作风问题上打开缺口，是整人的好办法，如果从破坏军婚这一条撕开一个大缺口，那绝对可以将人打倒，而且将永世不得翻身。

郝排长督促我爹看我妈的来信

天哪，他们要打倒谁，我一个小女人管得了吗？老实说，就我这点点觉悟，谁来当这个书记，我都没意见，只要你不害人，更不要来害我，我管得着那些事吗？！可是，他们为了自己不可告人的目的，将我硬生生地拽出来，给我脸上抹黑不算，还去坑害您堂兄，弄得他一大家子人鸡飞狗跳，老哭小叫，寻死觅活，这日子没法过呀！

他们打断了您堂兄的一条腿，并且放话说您堂兄已经签字画押，承认了和我乱搞男女关系的事。并派人找我谈话，说您堂兄承认，早已对我有企图，还有鼻子有眼地说我与您堂兄发生两次男女苟且之事，而且说是男情女愿，让我配合，反戈一击，给破坏军婚的坏分子应有的惩罚。

来人说，您堂兄交代，苟且之事的起因是他误解了我的一句话。我向来人澄清，我是讲过一句让他误解的话，但他绝对没有动我一根毫毛，谈不上有苟且之事，更谈不上什么我必须反戈一击。

真相是这样的。有一次，我出诊回家，路上遇到您堂兄，他顺便问了一些治病的问题，问了最近需要进些什么药之类的话。他关心地问我有什么困难，我回答他没有什么困难，有困难你也帮不上忙，我自己会克服。

我说的困难是指经济上的困难，我俩结婚时，爹向村东头王家借了300元钱，向村西头张家借了200元钱，这500元钱的债压得爹抬不起头。我当然不会去麻烦书记来解决我自己私人的事，我想节衣缩食过两年总可以还清这两笔债。

想不到，您堂兄误解了我的话，他以为我说的困难是想老公、老公又不在的那种“困难”。这件事过了两天，您堂兄他到医务室配点感冒药，说话间不知怎么将话引到了前两天我说的“困难”上来了。他说我不该讲女人的那种“困难”，害得他胡思乱想睡不好觉。

我赶忙解释我说的困难是指欠了别人的债，不好意思明说，就这么档子事。您堂兄打哈哈说，女人千万别在别的男人面前讲“困难”，尤其不可含糊其辞，免得男人们想歪了。

怪我太年轻，阅历浅，不懂事。当时我醒悟了，感谢您堂兄提醒，并没觉得您堂兄有什么不对。令我感到不可思议的是，他竟然将此事告诉了要打倒他的那伙人，还无中生有地捏造说我和他发生了不该发生的事。这是个什么人呀！我想只有一个答案：屈打成招。一条腿打断了，打得不轻，大概疼得扛不住，开始胡编乱造了。

还有，说我和您堂兄在一次看露天电影的夜晚，在打谷场边上的草堆里“摸爬滚打”，这件事由您堂嫂作证，说是她亲自把自己男人从草堆里拉住耳朵拽出来的，和她男人一起从草堆里爬出来的还有我。

真是荒唐，太冤枉人了！那天晚上放露天电影《渡江侦察记》，天还没黑我就回娘家去了，晚饭还是在您姐姐家吃的，我和姐姐聊天聊到快半夜，哪有什么我在草堆里与您堂兄“摸爬滚打”的事呀！

您也知道，您堂嫂是村里有名的醋坛子，要是自己男人和哪个大姑娘小媳妇单独唠上几句话被她看见，那非得与老公折腾一宿不罢休。

就放露天电影的那天晚上，您堂嫂家早早吃了晚饭，您堂嫂让自己的几个孩子扛起长条凳和小板凳，借着未绝的日光，早早来到放映电影的打谷场抢占最佳位置。为了炫耀自己书记太太的地位，她还特地为老公准备了一把小小的靠背椅，以显得这小家庭与众不同。

想不到一转眼老公不见了。她与自己的几个孩子坐在打谷场水泥地上干等着，电影已经开始了，还是不见她老公的影子。她安顿好自己的几个孩子，一个人在打谷场四周转来转去寻老公找不到人。她忽然想起，自己和老公谈恋爱是从看露天电影起的头。自己和老公常以看露天电影为由到处去外村碰头，据说两个人没有好好看电影，坐在银幕边的草堆上扭在一起谈情说爱。您看她的经验，她专去草堆寻找，嗨，真的不负有心人，她在草堆里找到了老公，不过是一个人，而且睡得呼呼的。那是因为这几天她老公挑灯夜战修水利挖河塘太累，瞅空儿躺在草堆上休息一下，想不到躺下便睡着了。"醋坛子"误以为自己老公和哪个大姑娘小媳妇在捣鬼，火冒到了嗓子眼，一伸手拽住老公耳朵往草堆外拖，嘴里还骂骂叽叽的，但她从不骂自己老公，一开口便是骚狐狸的，不要脸的……其实哪儿有骚狐狸，就她和老公两个人。草堆上坐着的青年男女倒是有几对，那都是邻村来的，跟她老公浑身不搭界，她也不认识这些人，即使认识，黑咕隆咚也看不清人家的脸。

"醋坛子"这一吵吵，书记和别的女人睡在草堆里的事被印证了，因为他老婆是最有力的证人。

现在，在一天一变的日子里，"醋坛子"可害苦了自己的老公。为了将案件办成铁案，那些无耻之徒竟然将我说成了"骚狐狸"。还煞有介事地说你堂兄已经招认了。

捉贼要捉赃，捉奸要捉双，书记要是人，他不会不说人话，除非他是畜生！男女苟且之事怎么能一个人说了算呀。法律定不了书记的罪，总有一天还我一个清白。听说您的那些“发小”朋友鼓动您起诉您堂兄，如果您真那么做，法律的效果就不一样了……

亲爱的猪，您千万要慎重，不可冲动。我曾经说过让书记误解的话，引出了一连串的麻烦，我有错。如果您对我这封信说的不相信，您可以提出离婚，我会同意离婚。不是我不爱您，因为说“爱”我的人太多，例如您的那些“朋友”们，那一双双狼似的眼睛，一句句“爱”我的污言秽语时时袭得我透不过气来。我不想多说他们的坏话，因为他们也是人，人总是有七情六欲的，作为一个女人，我会努力保护好自己，我懂得爱人，但我明白，我只能爱您一个人！

最后，我还得为自己澄清一下，我说的那个困难，如果您和您堂兄一样误解我，我表示理解。因为我是时时想老公的，想您而您又远在天边，那种寂寞和痛苦比一般困难要严重得多，如果说我对您堂兄说的困难是指这个，我觉得也对，而且这种“困难”远比欠债的焦虑痛苦得多。至于您堂兄因为误解了我说的困难而胡思乱想，甚至在对手的棍棒下还将此事当作他“犯错”的导火线，这一些，我也理解，因为他是一个可怜的、胆小如鼠、为了减轻自己“犯错”责任不惜后果的傻瓜。至于您这头“猪”，如果听信您“发小”朋友的“忠告”真的去起诉您堂兄，我也表示理解，因为那样您就真的变成了一头“猪”！

至于我自己，我像站在万丈深渊的悬崖边，半个身子已经向深渊倾斜时，还指望自己老公从千里之外赶回来拉我一把，这不是异想天开吗？

我等着您的一封休书，我接到休书时不会跟您扯皮，我会乖乖卷起铺盖滚蛋。我们结婚时欠的债，我负责还一半。顺便告诉您，昨天姐姐代我们还了欠村西头老张家的200元债，因为老张家儿子要娶媳妇，钱催得急，您姐姐和姐夫向别人借了钱给填上了。当然，欠姐姐的200元钱我们也是要还的。

结束了，亲爱的猪。

您的猪（暂时的）

×年×月×日　深夜

我爹看完了我妈的信，眼珠子一动也不动，真正是目瞪口呆。郝排长瞄了我爹一眼，把另外两封信推到我爹眼前，我爹不由自主地将我妈的信递给了郝排长。郝排长赶忙仔细默读起我妈的来信。我爹无精打采地拆开了另外两封信，信都不长，内容是一致的。我姑妈的信中大大地表扬了我妈一番，以她自己切身的体会，肯定了我妈是一位贤惠的好媳妇，是我爹可以信赖的好妻子，那些人风传的有关我妈的不守贞操的谣言是对我妈的造谣中伤，姑妈让我爹千万千万不要信。姑妈也谈到了堂兄，说堂兄工作负责，生活作风清清白白，有些人想把他拉下马，那是别有用心。姑妈也说近来家乡很乱，为什么乱，姑妈没有说，可能她说不太清楚。

我爹堂嫂的信重点向我爹哭求，放过堂兄，放过她的男人，因为几个孩子还小，要是她男人被关进去，一家人也就完了。她听有些人说，只要我爹不向法院起诉她男人，兴许她男人还能救。堂嫂在信中一再肯定，我妈是个清白女人，没有和她男人的那档子事，扣在她男人头上的破坏军婚的帽子是天大的冤枉。堂嫂的来信是她自己写的，她只有小学文化，信中的错别字不少，但意思表达得还很清楚。

看完堂嫂的来信，我爹心中五味杂陈

尤其让我爹感动的是那信笺纸上的泪痕，那是堂嫂边写信边淌下的泪水。

爷爷没念过书，斗大的字不识几个，他写不来信，姑妈的信也就代表了爷爷的意思，这一点，我爹是心知肚明的。爷爷干活很吃重，身体不好，我爹对爷爷是牵肠挂肚的，两个男人间话语不多，但一想到爷爷，我爹的心就酸溜溜的。我爹清楚，自从我妈嫁到我爹家，孝顺爷爷是没说的。虽然我爹没有亲眼所见，但这几年从我妈和我姑妈的信中可以想象得出爷爷很幸福，这是我爹最看重的事情，这里面有我妈很大一份功劳。

郝排长看完信，眼睛酸酸的，他能体会到我爹此时五味杂陈的心情，他知道我爹此时需要的是一个人冷静下来想一想，时间能冲淡一个人的喜怒哀乐。人一辈子免不了有喜怒哀乐，但喜怒哀乐各自占的时间都不应太长，应该一刹那便过去，人的一辈子更需要平静和理性。

郝排长告诉我爹，对于一个人来说，成功和失败，幸福和痛苦都是财富。郝排长说我爹总体是成功的，他是这样解释的：你看，你入伍以来为连队建设作出的贡献还少吗？组织对你超常规地提升军衔，你是全连第一人。战友们需要你，大家都需要你，你想想，你接到的这三封信，写信的人都看重你，都需要你，你不就是个成功的人吗？难道你感觉不到喜悦和幸福？

郝排长的口袋里也放着他未婚妻前天寄来的信，信的主要内容是要和郝排长分手。郝排长知道她提出分手的原因，那是因为他父亲被从领导位置上扒拉下来了，一个小小的排长看来没有什么发展前途，仅此而已。但她扯了些别的理由，郝排长当即给她回了信，客客气气地与她散伙了。尽管他感到痛苦，或有些不爽，通俗讲是恋爱失败，或像他对我爹讲的，别人不需要他，但郝排长没有告诉任何人他内心的独白，他在连长和指导员的授意下还悄悄来做我爹的思想工作。我后来琢磨他那时可能也会说自己是个成功人士，连长、指导员和我爹都关心他，他是个幸福的人。

郝排长是一位大众哲学家，他懂得怎样认识世界，怎样认识人生，怎样做人，怎样生活。他善于换位思考、辩证思维，所以他与同龄人相比，总是棋高一着。我爹佩服他，我也佩服他。他55岁那年我见过他，已升任一个军区的副司令员。

当时，郝排长不隐瞒自己的观点，对我爹说，你妻子是个好女人，你姐姐的话很对，你堂嫂的话可信。我爹问他，那我的那几位"发小""朋友"说的呢？郝排长说"可以理解"。什么叫"可以理解"？简单点讲吧，站在他们的立场上认识问题，他们的言行是可以理解的。我爹追问：那我应当站在谁的立场上认识问题呢？

郝排长给出了十二字方针：冷静思考，仔细琢磨，自己决定。

当天晚上，借着营房路灯微弱的灯光，他独自坐在马路边的石凳上，仔细推敲"发小""朋友"的来信，回味我妈、我姑妈以及他堂嫂的来信。他心情比原先平静了一些，对我妈的猜疑似乎已经消除，一日夫妻百日恩嘛，我妈在婚后一个星期里对我爹百般体贴，给他的温存感，慢慢在我爹心中复活起来：她才是一头多么可爱的小猪！他感觉到，她是深深地爱着他的。只是，他有些担心，担心别的男人会打她的主意。他的"发小""朋友"们似乎都不是什么好东西，一个个都是色狼，还有那位堂兄，竟然为了他老婆的一句话蠢蠢欲动。想到这一层，我爹心中憋闷得慌。娘的，还是把堂兄送到劳改农场去，免得夜长梦多！我爹又莫名其妙地冲动起来了。那几个"发小""朋友"怎么对付呢？先稳住他们，并侧面敲打他们一下，不准他们对我妈无礼。好在现在他们对我爹还比较看重，他们信中不是还提到等我爹复员回乡后，选他当书记或者民兵连长吗？到那时看情况再收拾他们也不迟。

说句实在话，我爹的如意算盘打得实在自私、阴秽，上不了台面。漂亮的女人让你抱，诱人的官位让你占，世上的好处你一个人得，可能吗？！

在郝排长的意料之外也在意料之中，两天后，我爹向连队递上了对堂兄的起诉书，起诉书诉称堂兄企图诱奸军人老婆，破坏军婚，要求法律予以严惩。因为这是我爹个人的权利，连长、排长心中纳闷，但无权干涉。起诉书由我爹签字画押，且盖上了部队公章，很快送到了家乡的检察机关。检察机关向来对军人的诉状十分重视，不久便回复我爹，我爹堂兄破坏军婚一案经立案调查，情况属实，现于 × 月 × 日已将犯人正式逮捕，不日便由法院宣判，宣判结果立即告知军人本人。

我爹的起诉是一次彻头彻尾的败笔。当他因收到家乡检察机关的回复而兴奋之时，我妈向他掀起了大浪，她正式向我爹宣战：离婚！

我爹这头可怜、可耻、可笑的“猪”真是一条道走到了黑，这下彻彻底底地萎了。

他是个冲动的魔鬼，但还不是孬种。他擦干眼泪而奋起，争取力挽狂澜，打一场婚姻保卫战。

“最最亲爱的我的小猪：……”，我爹奋笔疾书，给我妈写一封长长的忏悔之信，他声泪俱下，搜罗了汉字字库最美丽的词汇，最感人肺腑的语句来歌颂我妈，企图打动这个女人受伤的心。

信的落款：您心爱的小猪，永远永远永远爱您的小猪。

不过，是“暂时的”，还是“永远的”，只有他们俩心中明白。

信发出之后，石沉大海，我妈再也没有给我爹写过一封信。我爹失望之极。他以为自己有能力搞掂这位丰胸肥臀、美艳婀娜的女人，他错了，他没有想清楚：她本就是你的妻子，并不存在着别人横刀夺爱的问题，应当呵护她、爱惜她、满足她。丈夫要处在取得妻子真爱的最佳位置，不是让老婆吃好、穿好、住好就万事大吉了，还有一件特别重要的事千万别忘了，那就是不要伤害了她的“名节”！

我爹恰恰犯了“伤害老婆名节”之大忌。一个视“名节”为生命的女人，她可以容忍自己丈夫生活中的过失，但绝不能容忍丈夫诋毁自己的“名节”。我爹对堂兄的起诉，也意味着对我妈“名节”的伤害，我爹不是不清楚，但浑就浑在不懂得“名节”对一个女人有多重的分量。当然，这种分量是因人而异的，而我妈恰恰将“名节”看得特别重。

部队的生活无疑是紧张的，榛子岛位于祖国海防前线，守岛战士的工作节奏自然更紧张。作为一名班长，我爹要对全班战士生活负责，对班上的学习、训练等等工作负责。责任冲淡了他的忧愁，他像往常一样带领全班战士完成连队交给的各项任务，就连时时暗中关注我爹的郝排长也不觉得我爹有什么异样。郝排长心中暗想：这小子，还真扛得住！

其实，多数时候守岛士兵的生活极其枯燥乏味。如果在陆地上，每星期天可以安排部分战士去逛街，可以到小饭店小酌两盅二锅头，也可以到公园里散步聊天什么的。但是守岛兵就没有这个福分了。如果星期天连里不安排集体活动，让大家休息，真的很无聊。小岛太小，没有集市，没有街道，闲来无事，只得沿营房四周瞎转悠。北方的夏季来得晚些，漫山遍野的榛子树叶子在春夏之交将小岛铺满绿色，这是榛子岛最美丽的时节。

那个星期天，我爹独自一人沿着林间小路向山坡方向慢慢走去，说是小路，其实没有像样的路。鲁迅先生说，世上本没有路，走的人多了，也便成了路。因为这榛树林里没有多少人走路，所以这儿成不了像样的路。我爹踟蹰在榛树林里，漫无目标，只是随意出来散散心而已。

无巧不成书，正当我爹感到无聊想返回营房的当口，不远处冒出一个女人来，我爹定睛望去，呀，那不是和自己在军人俱乐部一起表演过男女声二重唱的女民兵班长、拥军大妈的儿媳妇吗！女民兵班长也发现了我爹，感到十分惊诧，她小步奔过来，一下子握住了我爹双手：啊，是一班长呀，怎么这么巧，在这儿遇到你！我爹也感到突然。

他俩没有邀约，确实的，自从那次演出以后，两人没有单独相处过，尽管有时想起，也只是一闪念的事。今天在榛树林里巧遇，好像是老天爷给他俩安排好的一次幽会。

当两人松开拉紧的双手后，双方都紧张得脸红耳赤，女民兵班长红扑扑的脸颊上竟然渗出了一片细细的汗珠子，可能是赶路赶的，也可能是刚才拉住我爹双手给臊的。他俩并不陌生，在我爹指挥下，女民兵班长带领女民兵操练过火炮，作过实弹对海射击的演练，取得过很具影响力的荣誉，在女民兵班长家中墙上，至今还挂着几张照片，贴着她们的奖状。而且，更难得的是，他俩还一起表演过男女声二重唱，女民兵班长悄悄向军人俱乐部主任讨来了两人的演出照，不过，她没有敢将这张照片放到照相框里挂出来，而是将相片放进箱底的夹层里，一个连自己男人也不可能发现的地方。

大白天的道儿不是男女幽会的好地方。我爹提出到左前方三四百米远的那个被废弃了的观察哨去聊聊，女民兵班长含羞应允。

观察哨是军队观察海上目标并测量相互距离后，通过电话向指

在废弃观察哨里，我爹与女民兵班长互诉衷肠

挥所报告目标方位的前沿哨所。一开始条件简陋，只是用石头和泥巴堆砌起来，可供一两个战士猫在里头，后来的观察哨是用钢筋水泥浇灌成的，所以原先这个观察哨便废弃不用了。现在竟然成了他俩幽会的好地方！由于一起练兵，一起唱歌，曾经在有意无意之中有过肌肤相亲，所以两个人很自然地相拥在了一起，互相亲吻着，半天也不想松口，衣服上沾满了灰尘也顾不得了，此时此刻，两个人的脑壳都灌满了糨糊。

激情过后，两人搂在一起，诉说双方家史，倒也十分投机。我爹诉说和我妈“冷战”的现状，女民兵班长诉说自己老公左也不好、右也不好，反正她从心眼里喜欢我爹。嗨，我爹交了桃花运了，我妈要撤退，马上就有人来占领。

有人说，有一种撤退叫胜利，有一种占领叫失败。难道男女婚姻上的撤退和占领也有胜利和失败的说法吗？天晓得！

两人亲热一阵后便分手了，分手之前，两人商定了下一次幽会的日子。这一次两人居然没有进一步的行动，但也彼此感到心满意足，围绕在我爹头顶的乌云散去了不少。他欣欣然回到营房的时候，晚饭开饭的时间也快到了。

几次幽会之后，我爹心绪好了许多，我妈的印象在他脑海里渐渐淡化，取而代之的是那位风韵正盛的女民兵班长，两个人相见恨晚，情愫与日俱增。只要在一起，他们就有说不完的话，道不完的情，俗话说得不错，家花没有野花香。

女民兵班长的身世有点曲折。她本不是榛子岛上的人，她亲生父亲是邻近大牛岛上的一个渔霸，她是渔霸三姨太的女儿。那位三姨太就是榛子岛上的人，三姨太做姑娘时，是拥军大妈的闺蜜。因为出落得好看，被大牛岛的渔霸看中，把她娶去做了三姨太。解放军攻下这片岛屿群之前，大牛岛渔霸独带三姨太和她生的一个儿子逃往韩国。三姨太提前两天悄悄回娘家时将女儿一并带去，想交给父母抚养。不成想，三姨太父母那时染上霍乱，一命归天，三姨太呼天抢地，上天无路，入地无门，为了逃命，一咬牙将女儿交给了姑娘时的闺蜜，现在的这位拥军大妈，然后带着儿子跟着渔霸远离故乡。拥军大妈从小就一副好心肠，她不仅收留了三姨太的女儿，还为三姨太的父母料理了后事。那一年，三姨太的女儿，即女民兵班长才三岁。如今，三姨太的女儿出落得亭亭玉立，和她妈当年一样，成了榛子岛的岛花，人人艳羡。但可惜的是红颜薄命，嫁了一个豁嘴丈夫。豁嘴丈夫就是拥军大妈的亲生儿子。拥军大妈生下一个唇裂的儿子，无奈医疗条件不好，只能任其破相，可不巧的是，这人又是个智障者。他和三姨太的女儿一起长大，待她如妹，兄妹感情甚笃。他尽管身有残疾，但身强力壮，凡妹妹有难，他便出手相助，性命也舍得。

念在拥军大妈在自己患难中相扶，又念在拥军大妈的豁嘴儿子对自己的贴心呵护，女民兵班长便以身相许，嫁给了豁嘴丈夫，心甘情愿做起了拥军大妈的儿媳妇。说是心甘情愿，其实也心有不甘，如此好身材，嫁给了一个半残疾人。难怪她吻着我爹的唇久久不想松口，面对一个豁嘴丈夫，只怕她压根儿没尝到过夫妻相吻的激情哩。这段时间豁嘴丈夫跟着村里人出海捕鱼去了，她有的是时间和我爹幽会。

岛上的夏季特别短暂，而夏季是榛子岛最美的时候，凉爽的气候是北方海岛人所渴求的，中午的太阳不毒，照得人暖洋洋的，早晚习习海风带给人舒爽，晚上入睡还需盖一条薄薄的棉被，如此好气候，特别容易进入梦乡，每天晚上能睡个好觉。

夏天过去之后，我爹和女民兵班长幽会的好日子就结束了。北方海岛上的人们9月下旬就开始穿棉袄，一直到过年后的5月中旬才脱下来。整个秋冬两季，榛子树树叶脱落，树干树枝光秃秃的，林子里根本藏不住人。别的海岛上还生长着不少长年翠绿的松柏，可榛子岛上几乎没有松柏，望过去全是榛子树，偶见几棵马尾松或针柏稀毛瘌痢似的从岩石背后探出脑袋，矮矮的，疏疏的，连只野兔子恐怕也遮不住。

我爹这个人在节骨眼上总会来些事，好的坏的都有。

连里忽然决定要建立个打鱼班，把我爹借调到打鱼班当班长，炮一班的班长由副班长代理。打鱼班是为了改善连队伙食而临时建立的。据说建立打鱼班这件事是连长采纳了拥军大妈的建议而组建的，拥军大妈的老公年轻时当过船老大，是位捕鱼好手，近年因为腰腿风湿病犯了，没有随帆船出海捕鱼，只是用自家的小帆船偶尔在岛边撒几网，网到的鱼自家吃不完，大多送给邻居们吃，拥军大妈也给连队送过几次鱼。大妈常说老公在家闲着无聊，想带几位战士在岛边捕点鱼，让连队的战士们经常能打打牙祭。这主意不错。连长马上行动，一共物色了四个人，由我爹带队，拜大妈的老公为师，先试试看，行的话多搞些日子，不行的话早点收摊回连队。

被挑选的四位战士都是能吃苦，脑袋瓜比较活络的人。连长考虑到安全问题，这件事他特地请示上级领导，经领导同意才决定干的。上级领导还建议让我爹参加，并担任打鱼班班长，这是有意锻炼一下我爹，因为连队准备提拔我爹任排长的申请刚送上去！

拥军大妈家住在一个叫牛尾巴的小村子里，离炮连有点远，为了方便起见，大妈家特地腾出一间空屋给四位战士住，省得大家天天来回走，费时费力的。

我爹与大妈的儿媳妇的事原本也快断了，年轻人嘛，一时冲动，冲动过后慢慢平静下来也就好了。想不到我爹突然住进了大妈的家，断了的风筝线又给接上了。风来了，正好可以飞了。

我爹和他那位相好如今是低头不见抬头见，常常眉来眼去，时间一长，大妈就看出苗头来了。两个小精怪再精，也精不过见过世面的老精怪，拥军大妈早就将他俩瞄上了，他俩还糊里糊涂的。

此事来得突然，拥军大妈琢磨着怎么办，一时少了主意。让打鱼班解散吧，打鱼是自己出的主意，鱼打得不少，连部正高兴着呢，忽然说要解散打鱼班，说不过去，起码得找个借口；让战士们住回连队去吧，刚主动让他们住的屋，把他们赶走，肯定让他们起疑，影响军民友情。左右为难，想不出个好法子。

正当拥军大妈无计可施的时候，两个小精怪却耐不住寂寞了。那天吃过午饭，大家准备午休后下海打鱼，临离开饭桌，我爹见周围无人，将一个小纸团塞给了女民兵班长。纸团上写的意思是今晚 × 点从后窗进屋，想和她聊聊。大白天有的是时间聊，晚上聊什么，还从后窗口进去，分明是图谋不轨嘛。

塞纸团的一刹那，拥军大妈已经瞄到了，她猜测今晚两个不争气的会有行动，必须早作防范！

晚上 × 点，女民兵班长房内没有亮灯，屋外黝黑一片，稀疏几颗星星从滑过的云层中时而露出淡淡的光，村东头传来几声沉闷的狗吠，一个黑影，那是我爹，鬼影般溜上了女民兵班长房后窗口的墙根头。他悄无声息地轻轻拉动没有上栓的窗子，正当他抬起右腿跨上窗沿时，左腿忽然间挨了重重的一棍子，“嘭”的一声响，他立马倒在了地上，好在窗口外土地松软，没有造成严重伤害，只是左腿小腿肚子疼得他眼前火星子直冒，人整个儿蒙了，根本不知道这一棍子从何处打过来的。等他从地上打了几个滚爬起来时，已经差不多成了瘸

偷看不成，我爹挨了拥军大妈结结实实一闷棍

子。他不敢吭声，咬着牙一瘸一拐扶着墙壁，好不容易慢慢挪回房间时，已过了半个时辰。他浑身是汗，摸着黑忍着疼爬上了自己的床。好在此时已值半夜，三位战友呼呼睡得正香，谁也没有发现他们班长的这般狼狈模样。

这一棍子当然是拥军大妈的杰作。她后悔这一棍子下手太狠了，她本想吓唬我爹一下，把他赶走就达到目的，想不到没有把握住，下手狠了一点。但愿没有伤到我爹腿骨，她暗暗祈祷着。当拥军大妈走进儿媳妇房间点上灯时，她儿媳妇正趴在床头呜呜咽咽哭得伤心，屋外发生的一切她听得分明，分明是婆婆发觉了自己的越轨行动，她害怕，浑身抖抖索索，从床头上爬起来，扑通一声，双膝跪倒在婆婆面前。大妈连忙扶起自己的儿媳妇，没有骂她，更没有打她。在大妈的眼里，跪在面前的小女人不仅是自己的儿媳妇，更是自己的宝贝女儿。打从她三岁起就一把屎一把尿把她养大，大妈对她疼爱有加，和天下的母亲一样，大妈不希望自己女儿受到任何伤害。她紧紧地将儿媳妇抱在自己怀里，眼泪滴滴答答落在儿媳妇的头顶上。女民兵班长顺势用双臂抱住了婆婆，“哇”的一声：“妈呀，我错了！”声嘶力竭的呼叫声，让大妈的心快碎了。

“闺女呀，妈对不住你。”大妈将儿媳妇抱得更紧了。

女民兵班长被拥军大妈的举动深深地感动着，她双臂也更紧地搂住了婆婆的双肩，哭得成了一个泪人儿。少顷，没有等婆婆再说什么，她便抖抖索索将攥在手心里已经被泪水打湿了一半的纸团交给了婆婆。她结结巴巴地呜咽：妈，我对不住你和爸，也对不住我哥（指自己丈夫，她在公公婆婆面前称自己丈夫为“哥”，小时候这样，结了婚也没变）。

没有等拥军大妈追问什么，女民兵班长便将自己怎么喜欢上我爹的事一五一十像竹筒倒豆子一样交了底，就连一共几次和我爹在榛树林和被废弃的观察哨里幽会也都作了坦白交代。她承认自己的行为已超过了红线。她告诉婆婆，有一次和我爹在观察哨幽会时，发生过最为出格的举动。他俩一时兴起，脱掉全身外衣裤，连短衬裤也脱了，两人正要行男女交欢的苟且之事，我爹忽然踩了刹车。多年之后，他说当时是忽然想到了自己的老婆，不敢再在黑道上向前走了。

女民兵班长把一个女人最难以启齿的话都交代出来。在她心中，婆婆确实是她妈，比亲妈还亲的妈。她不应该再隐瞒什么。这是他俩最后一次幽会。

大妈相信儿媳妇的话是真的，因为他们是母女，不仅仅是婆媳。女民兵班长不仅交代了与我爹幽会的事，还将我爹家乡的那些事告诉了婆婆，这些事是我爹为了讨好她而告诉她的。大妈非常震惊，她心想这一棍子确实打得太重了。一班长这孩子满腹难念的经，使她对处理这件事情的鲁莽方式感到自责。

大妈长长叹了一口气，对儿媳妇说了这样一番话：

“女儿呀，人生多么不容易呀，你喜欢一班长，那是因为同情他，说实在的，我知道了这一切我也同情他。你想想，一个18岁的男孩，结婚一个星期便离开了心爱的妻子，接着又一连串地发生了那么多事，他受不了，在寻找帮助自己卸下沉重包袱的机会，可是没有人告诉他该怎么做，他太年轻、冲动，他无处发泄心中的郁闷，而你给了他机会，我和你爸也创造了条件，你、我，还有你爸都害了他。要是我早点知道他的这些情况那就好了，我会好好和他谈谈，让他宽心。这些战士们，尤其是南方的战士，他们自小生活在温暖的气候环境里，现在来到长年天寒地冻的北方吃了不少苦，像一班长这样本可以和媳妇厮守的小伙子却在这里爬冰卧雪，他们为了什么，还不是为了国家安宁和人民幸福吗？我们要为他们设身处地想一想。你嫁给我儿子，你委屈，妈懂你的心，你如果不喜欢我儿子想离开他，妈也会支持你的，妈会做儿子的工作，让你自由，这也算我对得起你亲妈。但你去喜欢一个有着一位好妻子的兵，你是瓦解军心呀！”

“妈，我懂、我懂。”女民兵班长再一次扑在大妈的怀里，“我不离开哥，也不离开你和爸。”

大妈再一次将儿媳妇搂进怀里，用粗糙的手掌擦去挂在她脸颊两旁的眼泪。大妈告诉儿媳妇，这一页就这样翻过去了，要是谁来调查一班长的什么事，你就装哑巴，什么都别说，一切由妈顶着。等你哥海上回家来，你也什么都别说，一切由妈顶着。

她们俩说知心话，一直说到天蒙蒙亮，东方海面泛出微微的光，隔着玻璃窗朝外望去，模模糊糊中，一位高个子兵背着我爹，两个矮个子兵在后跟着，慢慢向军营方向移动。大妈的心头一紧，乖乖，这小子伤得不轻。

拥军大妈像热锅上的蚂蚁，躲在家里苦熬了两天，犹豫着要不要去瞧瞧这个挨了自己一狗棒的傻小子。她若无其事般假装到炮连联系工作，顺便探望一下据说是不小心被山上石头绊伤了腿的我爹。因为返回她家的三个兵都说我爹被石头绊伤了腿回连队休息去了，她心里的一块石头总算落了地，心想这傻小子还算聪明，圆了个谎，事情也算过去了。只要不露馅，吃点苦没有啥，只是千万别伤了骨头落下了残疾，否则自己就成罪人了。她想亲眼看一看傻小子伤成啥样。

拥军大妈是炮连的老熟人，在值班战士眼皮底下她可以在军营内随意走动。她很顺利地跨进连部办公室，连长和指导员都在，还有两位军官模样的人，脸生。连长、指导员一见她，异口同声说，大妈你来巧了，我们正准备去找你呢，有件事想了解一下。连长给大妈介绍两位陌生军官，一位是政治处的王主任，另一位是政治处的罗干事。他们专程从水警区赶过来。刚到，为的是处理一班长违纪犯法的事。

拥军大妈心头咯噔一下，糟！这傻小子把事情亮开了！她明白，情况出乎意料，看来，这傻小子是个老实坨子。大妈思量着怎么也得拉他一把，救救他，否则他会被毁的。

一开始便是王主任问话，罗干事等着笔录口供。

话从我爹和拥军大妈的儿媳妇的关系谈起，王主任说我爹自己承认和大妈的儿媳妇有不正当男女关系，多次到榛树林里幽会，两天前企图翻窗到大妈的儿媳妇房内干那档子事。事先给大妈的儿媳妇悄悄递过纸条，但没有得到回应。当天半夜里偷偷越窗进屋时，被人打了一棍子，坏事没有干成，算什么性质，还得调查研究，听听当事人的意见再定。大妈是位响当当的拥军模范，她的话最可信，当事人是大妈的儿媳妇，大妈做好儿媳妇的思想工作最为妥当。所以先听听拥军大妈的意见。

拥军大妈心平气和，显得很坦然。她告诉王主任，儿媳妇是女民兵班长，我爹负责女民兵班操练火炮，两人早间就认识，两人还一起在军人俱乐部演过文娱节目。大妈带着一伙大姑娘小媳妇常到连里为战士们洗刷衣被，关系都比较好，谈不上男女关系存在问题。什么爬窗口干坏事的事从没有发现过，也没有听她儿媳妇讲过我爹有什么问题。有一次大妈的儿媳妇在连队旁边的山坡上经过，偶然发现我爹一个人坐在榛子树边石头上抹眼泪，大妈的儿媳妇怕他出事，再三追问，他才告诉她家里出了大事。大妈的儿媳妇回到家便将我爹家中出事的情况一五一十告诉了婆婆。大妈认为这算不上幽会，只是年轻人谈得来坐着聊聊天。

王主任提问:“那他为什么自己承认爬窗口的事?”拥军大妈回答没有这回事,可能我爹他单相思。王主任认为如果是单相思,那半夜爬年轻妇女的窗口性质更严重,够得上强奸未遂。

“什么?强奸未遂,强哪门子奸呀!”拥军大妈光火了。“那就通奸未遂吧!”王主任说。大妈掏出我爹写的纸条“啪”的一声,拍在办公桌上。冲着王主任吼叫起来:“你们光知道抓别人的错,你们知不知道自己有错呀。这位一班长(就是我爹)他要起诉家乡的党支部书记,你们政治处的图章就这么随随便便敲上去?你王主任调查了没有,这个战士的老婆是不是真的和支部书记有生活作风问题,如果有,还看谁的错,是支部书记问题,该起诉他,如果捕风捉影,捏造事实,根本没有这回事,这不仅坑了书记,还坑了战士的老婆!都像你们这样草率办事谁愿意当军嫂!这位班长结婚一星期后来到部队,夫妻感情基础本就不牢固,再遇到这档子破事,他老婆提出离婚,他不想离,两个人冷战已经一年多了。老婆一封信也没有写给他,她强忍破碎的心,在家悉心照顾长年病倒在床的公公(婆婆早已去世),这位班长的心也在慢慢地碎。但他默默地工作着,干得那么优秀,听说连里还推荐提拔他当干部。他现在在为改善连队战士伙食天天在海浪间扑腾。俗话说鲜鱼汤好喝网难张,他吃尽苦,心头长年压着一块石头,要是熊点的人,跳海的心思都有!他想找我儿媳妇聊聊天,他兴许有些坏心思,他没有把握,‘聊聊天’而已。老娘我不客气,用打狗棍打了他,想将他吓跑算了。怪我下手没有分寸,打疼了这个孩子,这两天我睡不着觉,我总觉得欠了他点什么。要是他妈活着,我在他妈面前无法交代。我算什么拥军模范?你们将他定性为‘通奸未遂’或者‘强奸未遂’或者‘聊天未遂’,那是你们的事,在我眼里他还是一个孩子,一个可以教育好的孩子。”

王主任告诉大妈，那这件事拜托你做好儿子和儿媳妇的工作，大妈生气了："儿子是我生的，媳妇是我养的。他们会听我管，用不着你王主任操心。你也千万别把别人家的孩子不当孩子，该放人家一马就放一马。王主任，求你了，你要是不放过人家孩子，我会奉陪到底的。"

王主任进一步征求拥军大妈的意见："该怎样处理这个孩子呢？"大妈说警告、记过都可以，但不要撤职查办。大妈提出要看望一下我爹，她见到我爹时我爹拄着一根拐杖可以走路，看来没有伤到骨头，她也放了心。大妈悄声对我爹说："孩子，别怪大妈，大妈下手重了。"我爹怯生生地，羞愧得无地自容，大妈来看望自己，他不胜感动："大妈，你把我打醒了。"大妈问我爹："为什么不说腿是自己摔的？"我爹回答："怕你来连里告状，我想我还是坦白的好。"

看来你一点也不傻，不过你还是傻了。大妈轻轻抚摸着我爹浮肿的小腿肚子，心里暗暗地这么念叨。多么可爱的孩子，这一棍子该打，要不永远长不大。

政治处采纳了拥军大妈的意见，给了我爹行政记大过处分一次，并将处分文本装进了我爹的档案袋里。

处分对我爹来说不是好事，但坏事也会变成好事，我爹从思想上敲响了警钟，情绪虽有些低落，但言行举止谨慎了许多。他比以前更注意尊重人、团结人，避免唱不切实际的高调，低调务实的工作作风本是他的优点，如今更显得成熟和自然。加上他早先寄给一家文艺杂志的长诗《守岛兵之歌》近日登载出来，为他赢得了不少声誉，精神上也为之一振。一个普普通通的大头兵，能在有影响的杂志上发表文学作品是极困难的。我爹志愿参军，其中一个心愿就是希望成为一个文学青年，甚至有机会成为一名军旅作家。看来，这难度很大。当时许多文艺报纸、刊物纷纷停办，许多地方和大专院校的出版机构也都关门，不少文艺人才受到不同程度的冲击。生活在大陆上的人们早就感到“气候”的变化，唯独生活在远离大陆的小小的榛子岛上的我爹恰恰还在做着文学梦。

说到我爹想成为一名军旅作家，这可不是瞎说。他在部队里真的尝试过写作。我爹经过千辛万苦，曾经写了一部近30万字的长篇小说《坎坷登程》的初稿。经过多次修改，定稿后再誊写到正规的稿纸上，厚厚一叠，比一块砖头还厚。小说写成了，往哪儿寄呢，我爹十分犯难。《坎坷登程》写的是一群中学生的学校生活，这部小说是我爹受苏联小说《大学生》的启发而创作的。他认为《大学生》中的一群大学生生活很有意义，中学生的校园生活其实也生动活泼，值得一写，多年的写作冲动成就眼前的这部作品，如今却出路无门。他忽然想起魏巍，何不将作品寄给他，请他提些意见，或许还可以寻找一个出路。

说干就干，我爹悄悄将《坎坷登程》以挂号信的形式寄给《解放军文艺》编辑部，请他们将作品转送给作家魏巍。稿子里边附了一封请求作家指教的信。

苦苦盼了两个月，长篇小说原封不动地被退回来了。没有令人失望，书稿里夹着魏巍亲笔写得满满的八页信笺，毛笔小楷，清晰漂亮。信开头对我爹写作的积极性作了充分的肯定，并给予热情的鼓励。接下去便是他对作品的12条修改意见。从12条修改意见看，作家魏巍是多么了不起的一个人，他这么一位大家，竟然逐字逐句、不嫌其烦地读完了一位海岛上的大头兵稚嫩的文学作品，还提出了切中要害的修改意见。他对我爹寄予殷切的期望，希望有一天能读到我爹更加成熟的作品。

我爹将处女作《坎坷登程》投稿给《解放军文艺》编辑部

我爹拜读魏巍来信，泪滴信笺。可惜的是，他没有将信件保存下来，在一次夜间围歼海外来敌的演练中，将珍藏在身边的魏巍的来信遗失了。这件事他说一辈子也不能原谅自己。

以后，文艺界的热度越来越低，我爹更没有心志和精力再投入这寄托他儿时梦想的文学创作之中了。

那一年冬天特别寒冷，秋分时节，满天已飘洒起雪花，不多几时，白鹅绒似的雪已掩盖住了焦黄色榛子树的落叶，海风呼呼地吹，光秃秃的榛子树发出“嘘嘘”的尖叫声。几只小麻雀躲在营房屋檐下探头探脑，受到惊吓时忙飞出来，很快又飞进另一个屋檐下躲起来，它们随时都注意自己是否会受到袭击，在滴水成冰的日子里，它们不忘运动取暖，也不忘保护自身的安全。

听说连队快要宣布今年退伍战士的名单了，超期或服役期将满的老兵们骚动起来，他们窃窃私语，传递信息，老兵们的心情很不平静，每个人的心态并不完全相同，当然回家的准备他们都有。

“爬窗口”事件发生以后，我爹提干的希望泡汤，他做好了退伍的思想准备。四年多的军旅生涯让他对部队怀着深厚的感情，包括对连长、指导员、郝排长等连队干部深深的眷恋，也包括对战友们兄弟般的亲情。拥军大妈对他的护犊之心烙印在他的脑海里，大妈的儿媳妇在他忧郁的日子里给予他的抚慰更使他念兹在兹。榛子树下留下了他的脚印，榛子岛上的人，榛子岛上的一草一木都值得他留恋，对我爹来说，留恋是一种幸福，也是一种悲痛，这里的人，曾经为他的生命涂抹过美丽的色彩，曾经为他搭起过通往云端的天梯，可是，美丽的色彩被他肮脏的手玷污了，他在天梯上颤抖，终于在中途滚落下来，掉进了泥淖之中。他没有脸再待在这块土地上，再眷恋这里的一切。他想逃，逃回生他养他的老家去，可老家的亲人欢迎他吗？他着实犹豫起来。

家中一年多没有给他写过一封信的妻子，他怎么腆着脸去面对她。那张记大过处分的薄薄的纸还躺在他的档案袋里，这可不是一张一般的纸，它是一个随时都会索要人命的符咒。

离开部队退伍的日子终于来到了。

当我爹提着行李离家越来越近的时候，他感到双腿像灌了铅似的沉重。这次退伍回家，一点信息也没有向家里透露过，离家四年多才回来，却不事先告知，绝不是为了给家人一个惊喜，而是为了博取同情。因此，他必须是灰头土脸，在一个出乎意料的时间出现才有效果。如果敲锣打鼓地回家，简直是自找死路。

我爹突然想起，临离开部队时，郝排长悄声告诉他，经连党支部研究，我爹的那个处分决定已经从他档案袋里抽出来了。原因是为了他回家在我妈面前不至于难堪，也为了他今后的前途着想。抽去处分决定，是应拥军大妈和她儿媳妇在得知我爹退伍消息的当天，赶来连部向连长和指导员提的请求。党支部的委员们(郝排长也是其中之一)念在拥军大妈对人民子弟兵的一片护犊深情，也念我爹四年来为连队建设作出的突出贡献，全票通过撤销原处分的决定，将那“符咒”从档案里抽掉了。

想到这里，我爹浑身轻松了一些，双腿也不那么沉了。他开始竭力回忆我妈的模样，回忆和我妈在一起的那段极短暂的日子。它是那么模糊，却又那么清晰。脚下还是那条土路，没有加宽，也没有变窄，路两边农田里的小麦绿茵茵的，远处时而传来酷似南方乡音“家家种花”的布谷鸟的鸣叫声，春天的脚步正向家乡靠近。古老的石桥还在，两条长长的花岗岩条石紧抱在一起，牢牢地压在矗立在水中的桥桩上，那四个桥桩则是更加雄伟的花岗岩四方条石，比农家土屋边那些枣树主干还要长，它是桥梁的支柱。听老人们说，老石桥到现在已有三五百年的历史了，因没有记载，不知是哪朝哪代哪一年建造的。

然而，老石桥旁的关帝庙不见了，只剩下一些土坷和瓦砾，庙门外的那棵香樟树还挺立着，硕大的树冠曾引来许多鸟儿在此筑巢，那是儿时的记忆。失去了关帝庙的衬托，香樟树在空旷的老石桥头显得形单影只。

我爹撂下行李，坐在树下被行人坐磨得有些光滑的石墩子上歇脚，两眼望着桥的水面倒影发愣。四根花岗岩桥柱子直插水下有多深，他儿时在这里游泳时曾想潜下水去打探，但他还没有摸到桥墩子便憋不住气浮出了水面，可见，桥柱的根基很深。我爹心想，自己是男人，应该成为家中的顶梁柱，像那四根粗壮的桥柱一样，稳稳地托起桥面，让行人在它上面顺利通过。你行吗？他暗问自己。行！他倏地站起身，将沉重的行李甩到肩膀上。一定要行！他暗忖，首先要将老婆这娘们制服；离什么婚，不离！一定要将她制服了，她得永远是属于自己的，要让她将“离婚”这个词从她的词典里删除掉。平心而论，我爹心中最爱的还是我妈。俗话说老婆还是原配的好，此话不无道理。

当我爹这位穿着军装，既熟悉又略显陌生的男人走进家门出现在我妈面前的时候，我妈惊奇得几乎要吼叫起来。她抿住唇没有出声，拿在手里的簸箕不由自主地滑在了地下，簸箕里的花生“哗”地弄得满屋子都是。

“爹，你儿子回来啦！”我妈突然一声尖叫，脚底踩得花生壳子噼啪直响，她终于站立不稳，倒在地上。我爹伸手去扶她，没有留神背后我爷爷举着打狗棍直奔而来。说时迟那时快，我妈一阵风似的从地下蹦起，双手夺住了我爷爷手中的打狗棍。又是一声尖叫：“爹，你别打他呀！”

我爷爷狠狠将打狗棍扔在地下，几颗花生被击得满屋子乱飞。我爷爷是疼我爹的，他为有这个儿子曾经骄傲过，打从我爹起诉我堂伯以后，他一直生我爹的气。在我爷爷眼里，我爹由一个好儿子忽然变成了白眼狼，变成了一个不懂人情为何物的畜生。我爹的起诉，害了我堂伯一家人，也搞臭了我的妈，是对他大逆不道的行为，不可饶恕。

坐定后，我爷爷将我爹臭骂了一顿。看到儿子一声不吭，有些认错的苗头，他的气消了大半。毕竟是自己的亲生儿子，四年多才回家，也不能再怎么样，他更指望儿子留住孝顺贤惠的儿媳妇。但儿子却一言不发，他有些担心。

下午三四点钟，晚饭尚早，恐儿子肚子饿，爷爷嘱咐我妈给我爹做碗面条，我妈对爷爷从来都十分尊重，心里再不高兴，也只能强忍着。我爷爷让邻居到村里打电话告诉我姑妈，说是她弟弟回家了，让她赶紧回娘家来。

我爹闷声不响吃了我妈为他做的鸡蛋面，过了一个时辰左右，姑妈和姑爹赶来了。我爹离家这四年，我姑妈对我爹的牵挂有着特殊的意义，我爹的婚姻是她牵的线搭的桥，如今弄成这样子，这是她最不愿意看到的。怪她弟吗？她不忍心；怪弟媳妇吗？更不应该。怪谁？这乱局闹的，竟找不到一个承担责任的人。现在，摆在我姑妈和姑爹面前的任务只有一个：劝我爹我妈双方和解。

全家吃了一顿气氛沉闷的饭以后，我姑妈、姑爹好说歹说，终于将我爹我妈两人推进了睡房里。天才黑，我姑妈姑爹不敢离开，和我爷爷一起守候在客堂间里，但愿小两口共枕同眠，太平无事。

按照常理，久别数载的小两口一旦在一起，这一夜该是何等卿卿我我、如胶似漆。然而，经过了一年多“冷战”的我爹和我妈却在这一夜爆发了一场不大不小的战争。唇枪舌剑谁也说服不了谁，我妈气得一头钻进被窝里再也不搭理我爹。我爹也不买账，想爬进被窝里去，他刚上床，被我妈一脚踹到了床下。我爹一轱辘从床下爬起，刚一上床，又被我妈狠狠一脚踹下了床。两次被老婆踹下床去，我爹气不打一处来，真正是火了。他掀起被子，稍一使劲，便将我妈手脚按住了。我爹动武，我妈开始有些害怕了。她扭动身子想挣脱，我爹使出部队里学的擒拿格斗的小招数，我妈动弹不得，眼睁睁看着我爹将她的衣服从身上剥了下去，剥了个一丝不挂。看样子，今晚真的要被这流氓丈夫强奸了。这时候再不讲条件恐怕要晚了。我妈终于亮出了底牌：你只要答应我，明天我们一起去劳改农场，把你写的那份起诉书收回，我就答应你不跟你离婚，和你睡；否则我死也不和你睡。

行，明天去劳改农场！我爹边答边脱光自己的衣裤，结结实实压住了我妈的身子，真像一匹快饿死了的狼。

我爹将命根子插进去的一刹那，我妈紧紧抱住我爹，低吼一声，抬起脖子在我爹肩膀头上使劲咬了一口。我爹不觉得疼，反而好像抓痒似的感到舒服。那一夜，我爹我妈可谓是竭尽全力释放了他们全身所有的能量。

这一夜，我爹我妈收获颇丰，他俩找到了共同的语言，明天将会踏上寻求正义的道路；他俩找回了本属于自己的爱情的烈火；他俩共同创造了另一个命根子，那就是我。

有一类男人，他们常常在冲动中、在极端中表达对异性的爱，许多女人承受不了，他们喜欢男人如女人似的温柔。

有一类女人，她们常常在矫情做作中表达对异性的爱，许多男人不适应，他们对重复千遍的“作”厌烦了。

我爹这个大男孩不懂，平淡的人生才是最幸福的，我妈这个小女人也不懂。不懂就对了，要是都像老头老太那么“懂”了，世界可能就没有生机了。

第二天，他们俩起了个大早，踏上了北去劳改农场的路。在劳改农场，他们没有取回起诉书，但留下了一份起诉书作废的个人声明。我妈向监狱领导阐述了事实真相，狱方作了笔录。狱方答应与检察院及时联系，尽快给予答复。

两个月以后，结论有了，那就是，我堂伯从劳改农场被放出来。结论是没有生活作风问题。

堂伯被放出来时，我爹到派出所上班也有一个半月了。根据档案提供的材料，我爹十分优秀，上级党委研究决定，让我爹去乡里，担任派出所副所长。

又是一个春天，油菜花开了，金黄色一片。我爹骑着崭新的飞鸽牌自行车，载着我妈，飞驰在乡间的小路上。还有我，在我妈的肚子里。我爹我妈要去向我外公家报告一个喜讯：我妈怀孕了！

金黄色的田野上，我爹带着我妈去外婆家

第三章
退伍提干立新功　政声乍起陷纷争

县城里接连发生了两起“敲头案”以后，开始弥漫起一股恐怖的气氛。街头巷尾流传着案情的种种版本。人们添油加醋，有的将犯罪嫌疑人描绘成红鼻头绿眼睛的怪物，有的说成是飞檐走壁无所不能的奇人。其实案情并不复杂，就那么一个歹徒，想钱想疯了，深夜里蒙面抢劫路人财物。为了容易得手，他专挑年轻女子下手，抢劫她们颈上项链、指上戒指、手中提包，等等，歹徒用伸缩式警棍敲击了两位女子的头部，其中一位被敲昏迷半月余未醒，另一位被敲成轻微脑震荡，持续一周仍头疼呕吐不停。

歹徒的作案手段虽然简单，但弄得人心惶惶。许多大姑娘小媳妇晚上都吓得不敢出门，晚上必须上下班工作的妇女大多由父、兄或老公担任“护花使者”接送。案子未破，公安部门自然“亚历山大”（压力山大）。

县公安局刑警大队全力以赴破案，部门科室抽调了一部分人力，但仍嫌不够。经研究，决定从下属街道、镇、乡派出所抽调民警精英集中到县里协助破案。

此时我爹已经是乡派出所的所长，多次侦破了乡村的群殴、偷盗、抢劫、杀人、放火等案件，社会治安得以改善，上下都比较满意，可称得上是公安系统的一员干将。他被抽调到县里，成了破“敲头案”专案组的一名成员。

破案工作一直在进行，但进度并不快。除了向被害人了解案情，向附近居民了解情况，大量的工作是分片夜间蹲点守候。由于歹徒蒙面作案，加上那时没有探头录像，嫌疑人模样不清，排查工作十分困难，警员们只能依靠各自长期积累的经验，选择抓捕歹徒的途径和方法。

我爹临离家时，我妈对我爹破案成功表示怀疑：“就凭你赤手空拳的，能抓住犯人？”

我爹拍拍胸：“别小看人，擒拿格斗是我的强项。”

“强项？不用脑子蛮干，强项会变成弱项。”我妈将放置物件的旅行包交给我爹，叮嘱说，“破案靠的是多动脑子。”

“知道了，老婆。”我爹接过旅行包，有一点不屑我妈啰唆的样子。他转身跨出门槛，大步流星地向停在路边的警用摩托走去。“轰”的一声，我爹的摩托消失在一片尘烟之中。

那一年，我在小学读书，刚开始记事，我爹举手投足间的那股英气，给我留下了深刻的印象。当我看到那身天蓝色的警服，那威严的大盖帽，帽檐上那颗在阳光下闪闪发光的警徽的时候，一股崇拜之情就会油然而生。有一次放学时，我爹突然出现在我们校园里，和平日里一本正经的女校长肩并肩走在林荫道上谈笑风生。忽然间我产生了一种莫名其妙的感觉：他居然能让我们这位戴着金丝边眼镜、令人望而生畏的年轻美丽的女校长在他面前那般谦恭，女校长时而还发出轻微的笑声，她的肢体语言告诉我，她的微笑对我爹是一种谄媚。

我对女校长有些厌恶起来。我认为，我爹是属于我妈一个人的，

我爹和女校长并肩走在林荫道上

别的女人不应当和我爹那般亲近。我正胡思乱想间，不见了他俩的身影。

我慢慢走出学校大门，发现我爹在等着我，女校长和他站在一起谈笑着。我走近他俩，轻轻唤了声“爹”，差不多同时向女校长行了个少先队的队礼：“校长好！”我动作有些僵硬，女校长主动跨前一步，非常热情地抚摸了一下我的头：“好俊啊，像你爹。哟，还是位中队长哩，不简单！”我臂膀上戴着二条杠的少先队臂章，女校长所以说我是中队长。她立刻作了补充，“你还是四年级五班的班长，对吗？”她还低声叫了我姓名。我脸孔有点发热，点头称是。

我乘上了爹的摩托，女校长向我俩挥手道别，脸上挂满了笑容。我忽然间感到女校长是位和蔼可亲的女人。

摩托车驶出学校大门的那一片空地，同学们都以异样的目光盯着我。是因为那辆平日少见的警用摩托，还是因为我有一位身穿警服的爹，抑或是因为女校长亲热地摸了我的头？应该说都有可能。同学们，尤其是女生那艳羡的目光甚至轻微的赞叹之声我都感觉到了，我的虚荣心得到了满足，我从心底里感觉到，我爹是一个了不起的男人。

我爹被借调到县公安局破“敲头案”专案组工作，是一次保密行动，我并不知道。我爹平日里不管工作多忙，无论早晚，每天必定回家的。这次连续一个多星期不见他的踪影，我问我妈：“爹这几天去哪儿了？”

我妈淡然回答：“出差去了。”

因为我爹以前也出过差，所以我也就不问了。

一天，妈对我说：“院里让我出趟差，到外地采购一些中西医成药。”打从我爹担任派出所所长，我妈便进了乡卫生院工作。我妈说的“院里”就是指卫生院。卫生院有一幢小楼，三层楼，里边有四间病房，每间摆四张病床，同时可供十几位病人住院。其余都是医生、护士和院领导的办公室以及各种医疗器材和药房间等。我妈经过多年赤脚医生工作的历练，在穷乡僻壤的农村里，成为一名有处方权的医生也就顺理成章。不过，我妈这些年也就参加过县卫生局举办的几次业务培训班学习而已，比起那些科班出身的医生差距还是摆在那儿的。好在我妈肯学、谦逊、会做人，除了开一些常见病处方外，凡是严重点的病人都转荐给水平较高的医生瞧，或者向经验丰富的医生请教后再作处置。她甘当助手，护士缺人时，她常去顶班，药房有人请假，她也顶岗。总之，领导叫干啥就干啥。连打扫房间、走廊，递开水，送材料等本职之外的工作都积极干，所以这几年连续都被评为乡里、县里的优秀工作者或被授予其他先进、模范之类的荣誉称号。

我妈临走前叮嘱我：“听爷爷的话，对妹妹要爱护。”这一年，我妹妹已经五岁了，她每天上村办的幼儿园，大多是由爷爷接送。爷爷这几年身体比以前有好转，一切家务事都由他承担，地里活一般都由我爹妈抽空去干。因为村里实行了分田到户的责任制，各家种各家的田，劳动力使用灵活了许多，农村“大锅饭”彻底改变了。妈妈还告诉我，她出差后姑妈会到我家来照顾我们，让我听从姑妈指挥，当好姑妈的助手。我一一都答应了妈妈。

送走妈妈不到半个时辰，姑妈便出现在我们面前。我妹妹一见姑妈，便飞一般冲出屋去，抱住了姑妈的双腿邀宠。这一天是星期天，我和妹妹都在家。有姑妈在，我们都有了主心骨，妈妈离家后的冷清全不见了。

姑妈是接到我妈妈电话后赶过来的。她带来了我和妹妹都喜欢吃的甜玉米和红心山芋，还带来了黄瓜、西红柿、鸡毛菜等一些蔬菜。

马甲袋里还有几条河鲫鱼，估计是姑爹从河塘里摸来的。姑爹是捞鱼摸虾的高手，一年四季家中荤腥不断，全是他的功劳，我们也因此沾了光。每星期我们家总会吃上一两次河鲜：虾呀、蟹呀、鱼呀或者螺蛳、蛏子、蚌，等等。这些东西，有时我姑妈或姑爹亲自送来，有时候我爹骑摩托去取。我姑妈和姑爹孝顺我爷爷，长年为爷爷自制米酒给他解馋，什么好吃的东西都往我家送。你看，一个女人结了婚，她最关心的是丈夫，但忘不了娘家父母和弟弟；一个男人结了婚，除了最关心自己老婆外，当然也忘不了父母，但对自己的亲姐姐就没那么上心了。我说的应该八九不离十。

在姑妈的关怀下，我和我妹生活得很快活。因为吃得好，所以快活；因为管得松，所以快活；因为有人带着玩，所以快活。看来，吃喝玩乐这几样东西是从小锻炼出来的。我姑妈时时处处满足了我和妹妹的吃喝玩乐，我们特别快活。

因为快活，忘记了时间。一晃，姑妈服侍我们已有五天了。

因为快活，忘记了爹妈。我爹我妈出差好多日子了，我没有在姑妈面前提起过想爹想妈的事。有时心中想爹妈，嘴上没有提。妹妹提到过一次妈，那是因为她喜欢的一个皮球不见了。

星期五那天上午，我们上完最后一堂课，班主任老师让我去校长室。我心中有些忐忑，校长室可不是一般学生去的地方。再说前些日子我曾经在心中对女校长有点不好的看法，因此心中有点别扭。

我踟蹰着来到校长室门口准备喊“报告”时，想不到女校长满脸堆笑地已在门口迎接我了。她轻轻拍我肩膀：“来、来，你来看看，你爹你妈上报纸啦！”女校长说话中透出一股惊喜。

“什么？上报纸！”我睁大了眼睛，感到太突然，“我爹我妈出差去了。”我支支吾吾。

“别怕，是好事。你看，这不是你爹你妈吗？”女校长将我推到她的办公桌前，手指着摊开在桌上的一张报纸，“看照片，你爹你妈在一起。”

我瞄了一眼，真的，我爹我妈的照片印在报纸上，还是彩色的。他俩紧紧挨在一起，脸带笑容，比他们结婚时拍的黑白照片好看，我爹我妈似乎比刚结婚时还年轻。我下意识地睨了一眼女校长，心头一闪：我妈肩膀靠在我爹身边，比前些天在校园看到的和我爹在一起的女校长漂亮得多。

哎哟，真没有必要作这样的比较，我干嘛要这样看和蔼可亲的女校长呢？我赶忙从女校长扁平的胸脯上收回目光，心怦怦乱跳，我心底里在说：“女校长也挺美，真的很美。她的美不在躯体，而在神韵。”

女校长见我不作声，用手指指向照片边上的文章：“精彩部分在这儿哩！”女校长口中念念有词，“县城儿女多奇志，夫妻巧破‘敲头案’。”女校长停顿了一下，“不急，还有呢，你看你看，副标题是什么？”她抓住我的右手指头，两只手一齐戳向比主标题铅字略小的那一行醒目的副标题：某某派出所所长某某某协同妻子某某某勇抓抢劫歹徒。呀，真是我爹妈！

“英雄，你爹你妈是英雄！”女校长十分感慨，她扶住我的双肩，将我轻轻按在她那红色丝绒垫垫着的办公椅上，“好好看看，你爹你妈是怎样抓歹徒的。可带劲了！”

我坐在带着女校长余温的红色丝绒垫上，双手捧着报纸，紧紧盯着每一个铅字，读完了那篇令我终生难忘的通讯报道。为了人民的幸福生活，我爹我妈不惜自己年轻的生命，冒着可能牺牲的风险，在和平的年代里共唱了一曲胜利的赞歌。

当我带着喜悦，带着崇敬之情跨进家门的时候，我爹我妈已经回到家中了。妹妹在我妈怀里撒娇，吵着要吃大白兔奶糖。我爹立马从包里取出一只塑料袋，里边装着棒棒糖、高粱饴、花生糖，还有大白兔奶糖。我眼疾手快，一把抢了过来，急得妹妹在我妈怀里直蹦，一边叫喊："那是我的，我的！"

我妈瞪了我一眼："都是少先队中队长了，还跟妹妹抢！"

我伸手抓了几颗花生糖，将塑料袋丢给了急眼的妹妹："给你，现世宝（不怕羞的意思），看你眼泪都流出来了。"

我妹一把抱住塑料袋，立马破涕为笑，伸手在里边寻找大白兔奶糖。她取了几颗奶糖后，先分给我妈一颗，再分给我爹一颗，然后"噔噔噔"奔进厨房分给爷爷和姑妈每人一颗，她歪着脑袋："不给你，谁让你骂我现世宝啦！"

我爹说："还是妹妹懂事，你做哥哥的一点礼貌都没有。"

我听爹这么说，马上给妹妹递回去两颗花生糖："两颗换一颗总可以了吧。"我妹妹这才有些不情愿似的作了交换，嘴里嘟哝着："还班长呢？什么班长呀！"

爷爷和姑妈做好饭菜，我们一家人准备吃晚饭。我忽然想起我爹我妈勇擒歹徒的事。我刚起了个头说："爹、妈，报纸上登了你们的事……"我爹说："吃了晚饭再说吧。"我将准备讲的话咽了回去，跟大人们一起坐上了饭桌。

妹妹刚嚼完一颗大白兔奶糖，忽然想起了另一桩事，她满脸不悦地问我妈："妈，我那个皮球找不见了，你放哪儿去啦？"

姑妈也说："小姑娘要皮球，前几天哭闹了好一阵，我翻遍了旮旮旯旯，就是找不到。那是她特别喜欢的东西。"

我妈说："吃完饭再给你找，现在先吃饭。"

我妹妹是想一出就一出的人，凡是想办的事一刻也不肯等，吵闹着就是不吃饭，一定要我妈先给她找皮球。我妈无奈，只得从旅行包里取出了我妹妹那只宝贝皮球，可惜那只皮球已被剪成了两半。“给你，宝贝！”我妈将两个半边破球给了我妹妹。

我妹妹见好端端的球成了这模样，便哭闹得更凶了：“妈，你赔我球，这破球我不要，我不要……”随手赌气地将球丢在了地上。

我爹马上捡起破皮球，在我们面前扬了扬说：“你们知道这破皮球干什么用的？告诉你们，抓坏人用的！”

听说是抓坏人用的，大伙儿都觉得新鲜，连我妹妹也不哭不闹了，睁大了一双小眼睛，想听爹讲抓坏人的故事。

我爹将两个半爿皮球扣到我妈头顶上，就开始绘声绘色讲“夫妻巧破‘敲头案’”的故事。“你妈——”我爹伸出一根指头在我妹妹面前晃晃，顺便用指头轻轻抹去她挂在脸颊上的两滴眼泪，“你妈是知道我出差去县城破‘敲头案’的，对你们当然要保密啦。我十多天不回家，你妈急了，心想破这案可能没有戏。为了协助我破案，她想出一个这绝招，你们瞧这球，扣在头顶上怎么样，涂上墨汁，跟头发差不多吧。里边还有文章呢，两个半爿球之间夹一层薄铁皮，那你敲吧，一棍子下来还是能抗住的。”

我这才如梦初醒，我说：“我懂了，妈装扮成晚上下班的女工，等着坏人来拦路抢劫，来敲脑袋，爹躲在暗处抓住他。”

“聪明，就这么回事。这破皮球是防身道具，也是武器。”我妈也兴奋起来，告诉我们，她和我爹一起在县城某地方一条偏僻的马路边晃悠守候了三个整夜，终于在第四个夜里让歹徒“上钩”了。我们都在操“马后炮”的心，提出了同一个问题：“坏人敲你头顶了吗？”

“敲了。”

“怎么样，敲破头了吗？”

“头倒是没有打破，脖子给打扭了，到现在还别着筋呢。”

听妈这么说，我们一齐将目光投向我妈那细细的脖颈，那根金项链还分明挂在她颈项上。我妹妹连扑带爬伸手去抚摸妈妈的脖子，边抚摸边絮絮地说：“妈妈，你还疼吗，我给你揉揉就不疼了。”

“还是姑娘心疼我。”我妈疼爱地亲了亲我妹妹的脸，眼泪噙在眼眶里。我妹妹捏捏项链说：“妈妈，这根项链坏人没有抢去？”

我妈说：“不等坏人动手抢哩，你爹便从树影里蹿出来给了他一个扫堂腿，坏人摔了个狗啃地。你爹拳脚来得生猛，是武术高手。”

我爹我妈谈论自己的英雄事迹似乎很平常，也很轻松，但在我们子女看来，要是爹妈出了事，是多大的不幸呀。

这一顿晚饭吃得很愉快，也很沉重。

我爹我妈智破“敲头案”的英雄事迹曝光以后，乡亲们陆陆续续来我们家探望，有的表示慰问，有的表示敬意，总之，赞扬的话语满天飞。

农家人白天都忙地里的活，来人大多在晚饭后，我爹我妈送走了一拨又一拨人，忙得不亦乐乎。我跟着偷偷悠闲了好几个晚上，那几天晚上爹妈顾不上盯住我写课外作业，我的学业也荒废了不少，尤其是数学作业常常做错题，挨了老师批评。

农家人讲究面子和实惠，来探望的人绝不会空着手，手里拎的，包里背的，多少都要表示一点意思。没有钱买，哪怕送点稀罕的土特产和时鲜货也行。我发现里间房门外角落里堆起了乡亲们送来的东西。我和妹妹的嘴也得福了，什么糖果糕点的吃了不少。

来人中比较特殊的是被称为和我爹一块儿长大的所谓“发小”，“发小”们在村里都担任一些职务的。在前些年混乱的时候，他们也是活跃分子。如今社会稳定了，他们像蜻蜓似的，悠悠然停下来脚踩着某个小小的制高点上，展开那美丽的彩色翅膀，稳当当地站着，要是稍有一点风吹草动，它马上又会展翅飞翔到空中。“发小”们的来临，自然是另一番情景。

三位“发小”是空着手来的，没有跨进门便吆五喝六：“所长，兄弟们来看望你了，还有嫂子，了不起的女英雄……”

我爹我妈急忙从屋里迎出来，将他们让进屋，搬起凳子让他们坐定，忙不迭地异口同声说：“来得巧，各位一起喝两盅。”

“对对，这庆功酒是必须的。哈哈哈……”不知哪一位扯高嗓门一吼，另外的人一片附和：“必须的，必须的……”其实他们是专挑我们家准备吃晚饭的时候来蹭饭的。

为了让这几位有身份（有职位）的人吃好喝好，我妈和我爷爷为他们添加了四五个菜，忙了一个晚上，总算让他们满意了。席间，“发小”们你一言我一语的，所长长所长短，嫂子长嫂子短，将我爹我妈几乎捧上了天。与此同时，反复强调彼此之间的友情有多么深厚，有多么重要。最后，不忘记吹嘘一通，作为最基层单位的“村”，地位是不可忽视的。拿其中一位讲的大实话来说就是：“‘村’的位置明摆着的，重要！人的裤子是从下往上套的，谁见过裤子是从上往下套的！”

言下之意，他们这几位有身份的人十分重要，轻视不得。

是呀，我爹我妈还真从未轻视过他们。

在那些乱哄哄的日子里，我爹听从了他们的胡言，状告了自己的堂兄，让他蹲了班房；也在那些乱哄哄的日子里，其中有人不是经常到我妈工作的医务室调嘴弄舌，竭尽挑逗之能事吗？我妈用尽心机，才算摆脱了纠缠。

直到今天，情况虽然变了，但有些东西正是很难变的。几代人住在同一个村里，喝的是同一口井里的水，走的是同一条土坷垃的路，听的是同一个林子里的鸟叫，乡里乡亲的，要弄清楚其中的纷争和是是非非，绝不像梳子捋乱发那么容易。

有什么办法呢？除了等待，还是等待，等待着时间带来转机，等待着人们良心发现。当然，设法改变或逃避也是一种办法。

正当大家吃喝在兴头上的时候，大门“嘎吱”一声被推开，直挺挺站在众人面前的是我爹的堂兄，他刀削似的脸铁板着，正在举杯的大伙儿立即放了酒杯，齐刷刷站立起来：“书记您好！”一起喝酒的几位就差了一个举手礼，腿脚已经并拢。

那还用说，我爹他堂兄，如今是乡里最有身份的人。虽说三十年河东，三十年河西，可方圆十里，他仍是位顶级的人物。

我爹堂兄见是这几位角色在这儿蹭饭，先是皱一下眉，但立即挤出一丝丝笑容：“好，好，大家好。你们别站着了，坐下喝吧。”

“不了不了，书记给所长布置工作，我们大家就不打扰了。”其中一人这么说，其余的马上撤退，“对对，工作重要，工作重要。”

三个人忙不迭地离桌，我爹堂兄向其中带头说话的那一位挥挥手说：“我上次电话里跟你说的那件事要抓紧办，耽误了要出乱子的。”

那位带头人连忙站到书记面前，毕恭毕敬地回答：“书记，一定一定，必须的，必须办快、办好。书记放心。”

有人曾看到，在乱哄哄的日子里领人乱棍打我爹堂兄的人就是他。但因为没有证据，此事便不了了之了。

我爹堂兄是带着堂嫂一起来看望我爹我妈的。打从那次“起诉”事件以后，我爹堂兄一直对我爹耿耿于怀，两家虽然离得很近，但他与我家少有直接来往。我爹担任乡派出所副所长后来又提升所长的时候，他堂兄还没有官复原职，觉得在众人面前尤其在我爹面前抬不起头，成天猫在家里大门不出二门不迈。之后不久形势变化了，打打杀杀的一帮人的气焰被压下去以后，他官复原职，又当上了书记，慢慢露脸了。不久前，他当上了乡里一把手，从这时候开始，他又直挺起腰杆走路了。每天到乡里上下班骑红色的木兰牌轻骑，神气活现的。慢慢地乡里配了一辆日本产的依维柯小面包，明明是辆九人座位的面包车，却成了他一个人的专车。因为那几年国产轿车只有红旗牌，一个县有一辆便不错了，进口轿车更是少见。一个乡配辆面包车为的是应对突发事件。

我爹他堂兄不登我家门有年头了，可能他认为这是自己有“骨气”的表现。此番大驾光临，出于什么考虑不得而知。猜测起来不外有三：其一，乡派出所虽然是县公安局的派出机构，不吃乡里皇粮，但毕竟在乡的地界上，也要接受乡的领导；其二，本乡本土出了两位破“敲头案”的英雄人物，是为乡里添光加彩的好事，年底工作总结什么的需要的话也可书上一笔。自己予以关心可以立足于主动，说不定哪一天县里哪位领导来慰问我爹我妈，提前表态，就不至于太被动；其三，许多年未登我家门，今日以领导者的身份光临，想摆摆架子。

不管我爹堂兄怎么想，要让我爹我妈感到蓬荜生辉是不可能的。农村人虽然木讷，但不至于好坏分不清楚，尽管我爹起诉堂兄有点过分，但后者毕竟对我妈有过非分之想，难道不应该捋一捋脑子吗，而且，后来我爹我妈不是将他从班房里捞出来了吗，至今还耿耿于怀，三不罢四不休的算什么。

我爹堂嫂和她男人想法可不一样。这些年，我爹堂嫂和我家很亲近，三天两头往我家跑，有什么好吃的便往我家送。我和妹妹对她有股亲热感。我妹妹老远看见她便追着她屁股喊“伯母”，伯母便会将我妹妹领回家，悄悄地往她口袋里塞几颗糖、几块饼干或一两个煮熟的鸡蛋什么的。总而言之，在我这位堂伯母看来，我爹我妈是好人。我爹我妈救过她男人不说，还救过她儿子的命。

那年夏秋之交，乡间不知从什么地方传来流行性脑膜炎，我堂伯父伯母的小儿子老三，也是我这一辈分的堂兄传染上了。正遇上我堂伯父领着几位村干部去外地考察，学习农村改革开放经验，我堂兄发高烧，喷射状呕吐，意识模糊，神志不清，急得我堂伯母六神无主。我爹我妈得知后，骑着三轮摩托，带孩子星夜赶往县医院。那天夜晚风雨交加，视线不清，三轮摩托翻倒在田沟里，我妈抱着孩子坐在车斗里一起飞了出去，撞在田沟水渠的水泥壁上，断了两根肋骨，双手紧紧抱住我堂兄不放，我堂兄安然无恙。到了医院急诊室，经医生检查，说我堂兄患了流脑。按规定流脑患者需抽骨髓检验核实后才能用药。但此时孩子神志不清，抽骨髓环节省了，直接用药，否则抢救来不及，只能死马当活马医。我堂伯母急得瘫倒在地上人事不省，医务人员将她送进急救室时，我妈也正由医生在抢救着。两个女人为了救孩子的命都差点把自己的命搭上了。我堂兄抢救及时，病治愈了，也没有留后遗症。

经历过抢救老三性命的艰难时刻，我堂伯母更坚定了一个信念：堂弟和堂弟媳是可靠的人。

堂伯夫妇的到来让我们全家忙碌起来，端椅敬茶敬烟忙活一气。堂伯算是个当地的大人物，尽管我爹我妈对他心存芥蒂，但毕竟自家兄长，又是顶头上司，怠慢不得的。

自然，堂伯要了解一下我爹我妈拿下歹徒的经过，这是关心下属必要的过程。我爹我妈向他汇报了事情的经过，说得比较简要。当领导面汇报工作不宜啰唆，要简短扼要，抓住重点，不可浪费领导的宝贵时间。再则，凡领导都聪明过人，你说上句，下句什么内容他已明了，若讲得烦琐，令领导生厌不说，还会给领导一种印象：语言表达能力差，拎不清。

我爹我妈是属于拎得清的那类人，至少在我们家乡这块不大的土地上，也算是个人物。

我堂伯似乎很满意，他还问了一些别的无关紧要的事，讲了一些拉近亲情的客套话。从脸色上看，我堂伯母今晚对堂伯的表现也比较满意。许多日子以来，我堂伯母一直抱怨我堂伯对我家态度冷淡有失体统，小家子气，没有良心，今晚为自家挽回了一点脸面，我堂伯母心中的结松了一点。她双手捧住我妹妹脸颊，在她额头上吮了一大口："小精怪，伯母喜欢你！"

我堂伯母确实从心底喜欢我妹妹。我妹妹长得白嫩白嫩的，真讨人喜欢。我堂伯母生了三个光头，缺的就是姑娘。她常对人自嘲："跟四个和尚（她男人也是光头和尚）过日子，没劲，没有一个让人省心的。"堂伯母是个直性子，她说这话确实表达了她治家时的某种无奈，但也显露出她是个会生儿子的女人的那种优越感，带着点官太太的那种腔调，自谦中透着傲气。

堂伯夫妇起身告辞，我们全家将他们送出大门。堂伯在前，堂伯母在后，趁堂伯不注意时，我堂伯母迅疾地从口袋里掏出一板巧克力塞给紧随其后的我妹妹，给她打了一个"不许吭声"的手势，我妹妹赶紧将巧克力反手藏在屁股后。

那巧克力是一位老板送给我堂伯的，包装纸上面满是洋文，是从国外购买的。我堂伯母悄悄将巧克力送给我妹妹吃，确是一种特殊的情意。

随后的一段时间里，我爹受到各地的邀请经常去作报告，讲述他和我妈的英雄故事。县公安局召开了表彰大会，宣布了上级颁发的我爹荣立二等功的决定，我妈也被省妇联授予"巾帼英雄"的荣誉称号。我爹也受到了我们学校女校长的盛情邀请，到我们学校为全校师生作报告。

那天天气特别好，外面阳光灿烂，礼堂内人声鼎沸，师生们都热切盼望我爹登上舞台。台上灯光突然照亮，女校长款款走上舞台，她穿着一件花格子的连衣裙，更显身材苗条颀长，白皙的脸庞十分清秀，配上那副镶着细细的金丝边的眼镜，给人温雅且风情万种的感觉。礼堂里立刻鸦雀无声。

女校长神采飞扬，她用标准的那种带卷舌音的普通话介绍了我爹的简况，她银铃似的嗓音通过麦克风放大传到台下每个人的耳朵里，婉转动听，宛若天音。听说她做小姑娘的时候就是北方某县广播站的播音员，很有语言天赋。女校长介绍完毕，随着她一个隐蔽的手势，舞台两边齐刷刷地"飞"出一群舞蹈队员，一眨眼工夫站满了整个舞台，迎宾舞曲响起，学生舞蹈队队员立刻舞动起来。

"热烈欢迎……"欢呼声盖过了女校长柔美的麦克风声音。我爹出现在礼堂后排的大门口，挥着手向舞台快步走去。女校长迅速走下舞台，牵着我爹的手登上舞台中央。迎宾舞戛然而止，呼啦啦地，舞蹈队的队员们"刷"的一下向舞台两边退了出去，全场响起了雷鸣般的掌声。

带四个轮子的讲台从舞台左侧徐徐被推向舞台中央，讲台上摆着鲜花，麦克风话筒插在鲜花丛中。

我爹和我们的女校长肩并肩站在一起，我爹举起右手向全体师生行了一个标准的军礼后，女校长走下舞台，落座在第一排中间专门

巧破敲头案后，我爹受邀到学校作报告

为她留出的位置。

我爹的报告终于开始了。他的报告十分精彩，一次又一次被师生门的掌声打断。大概有两堂课的时间，我们都不觉得时间长。我注意到从头到尾他没有喝一口水，尽管服务人员为他倒了两次水，他一口水也没有喝，精神好极了。

“老师们，同学们，我的故事快讲完了，最后我想说的是我在报告中用那么多赞美的语言送给了我的爱人——”我听到这里，不由得竖起耳朵。对呀，今天我爹的报告从头到尾都在赞扬我妈妈，什么原因呢？“我们公安战线也有许多女同志，”我爹继续说，“她们也很勇敢，具有不怕牺牲的精神。在那些日子里，她们之中有好几位也和我爱人一样乔装打扮成上下班的女工，引诱歹徒上钩，但不巧，歹徒没有上钩，只有我爱人抓住了这个机会。我要赞美的不仅仅是我的爱人，还有公安战线上的其他女同志，也赞美教育战线上的女同志们，你们辛苦了，你们呵护的是祖国的花朵，你们是护花使者，光荣的人民教师。我想对小朋友们说，你们是小学生，年龄还小，如果遇到要伤害你们的坏人，你们首先要学会保护自己，因为你们还没有能力像我们大人一样和坏人作斗争，你们学会保护自己，智斗坏人，我们就高兴。也希望你们从小培养明辨是非、分清敌友的能力，从小培养不怕困难、敢于拼搏的精神……”

在热烈的掌声中，我爹结束了他引人入胜的报告，最后，又是一个标准的军礼。

女校长一边鼓掌，一边走上台去。在麦克风前，她代表全校师生对我爹再一次表示敬意和感谢。看得出来，我们校长的心情是非常激动的，在我看来，简直有些冲动。我不知道为什么会有这种感觉。大概还是我前些日子脑子里蹦出来的那句话：我爹是属于我妈的，他不属于别的女人！女校长明显对我爹似乎过分热情。

“老师们，同学们，我现在向大家宣布一个好消息。”我们校长甜美的嗓音又一次响起，“我们学校和乡派出所有一个口头协议。为了保证同学们的人身安全，乡派出所在我校同学们早晨上学和傍晚放学时间都会派民警叔叔到我们学校大门口值班，希望大家积极配合。其他时间，派出所民警叔叔会经常巡视我校，随时协助处理学校突发事件。”

“哇！”全场发出一片欢呼声。可见派出所在大家心目中的地位之高，民警们在大家心目中的美好形象是摆在那儿的。

俗话说，无巧不成书。还真有这样的巧事儿。

就在我们校长宣布和派出所的口头协议之后不久，有一天天空下着蒙蒙细雨，正逢学生们放学的时候，许多家长打着雨伞或穿着雨衣守候在学校大门外，准备接小朋友们回家。尤其是低年级的小朋友，他们自理能力较差，家长通常会接送他们。农村的交通工具大多是自行车，个别也有摩托车的，那是经济条件比较好的家庭才有的。那时一般家庭还没有小轿车，偶尔还会看到用三轮车或手扶拖拉机来接送小朋友的。

校门打开以后，两位身穿制服，头戴大盖帽的民警立即站到大门两侧，目光炯炯地注视着鱼贯而出的小学生，还时不时地扫视大门外熙熙攘攘的人群。

突然间，人群一阵骚动，一个中年男子蹿出人群，向校门里边夺路狂奔。他一边挥舞着好似擀面杖似的棍子，一边吼叫：“杀！杀！杀！杀它个片甲不留！杀……”小朋友们惊慌失色，纷纷四散逃跑，其中不乏摔倒在地的，个别胆子较小的小朋友被吓得哭爹喊娘。那小子追上一个逃跑的小朋友，正想将棍子夯上去时，两位民警以迅雷不及掩耳之势疾步上前，将那中年男子制服在地。那小子手中挥舞的还真是一根擀面杖。经过审讯，这名中年男子是精神病患者，他本在精神病诊治中心接受治疗，中午时趁人不备，到食堂里偷了一根擀面杖，翻墙偷跑出来，医院正派人到处寻找。想不到这小子踅到学校里伤人，差一点闯下大祸，亏得两位民警及时将他制服。他蛮力过人，一般人都不是他对手。

第二天早操开始前，女校长在广播里对大家说："昨天，一名精神病患者从医院里偷跑出来，企图用擀面杖伤人，要是没有派出所民警同志协助，学生就有可能受到伤害！所以说，我们和派出所的协议很有必要……"

精神病患者闯入小学险些造成严重后果的事件发生后，校长请来县报的赵记者采访了事情经过，在县报上作了报道，我爹领导的派出所名气更响了。

从此以后，全县各乡学校，包括中、小学和幼儿园、托儿所，都陆陆续续和当地派出所签署了"警民共建"的协议，实实在在解决了一些安全隐患。

我爹和我们女校长的联手合作取得了圆满成功，他们之间的关系更加密切起来。

暑假刚开始，我们学校校长带领八位中层干部去旅游，兼带着总结一下本学期的工作，研究一下下个年度的工作计划。这种公款旅游式的所谓开会研讨工作，实际上是一种腐败，但在当年是比较常见的。其实，轮不到享受此种待遇的人是很有意见的。我们校长是个很善解人意的人，为了平息众人的不满，她还另外找时间让全校教职工集体去外地旅游，选择的旅游景点更好，吃的住的总能让大家满意。大家一高兴，便将干部搞特殊化的事淡化掉了。不少人都认同了，在待遇问题上，干、群有别也在情理之中，怪谁哩，谁叫你当不了干部呢！

这次，我们校长特地邀请我爹和学校中层干部一起去本县最繁华的万活镇研讨学校工作，同时被邀请的还有一位本乡经济开发公司的总经理，我们姑且就称他为“总经理”吧。我爹和总经理受到学校邀请是有理由的，因为他俩不久前同时被学校聘为名誉校长。学校为此事专门召开全校师生员工大会，校长请到了县教育局分管小学教育的副局长，为我爹和总经理颁发了聘书。

能被聘为名誉校长实属不易。从影响力上讲，能有资格当名誉校长，起码是社会名流，即便不是学富五车、才高八斗，也是德才兼备。别瞧名誉校长听起来像是癞痢头上插花——摆设，但对当事人的声誉和社会地位有着十分积极的影响，用金钱可是买不到的。

周密的思考带给我们校长合理的设计。两位名誉校长的产生，是校长的高手笔。我爹是学校正常教学秩序和校区安全的捍卫者，总经理则是学校支付除财政拨款使用之外的某些费用的钱袋子。

这次“研讨”活动的经费就由总经理买单。

“研讨”活动的重点是我们校长要向我爹透露一个多年的秘密。我爹和女校长面对面坐在一家名曰“水上人家”的小饭馆里用餐，临窗是一片并不宽阔但十分清爽的水面。

傍晚，凉风吹起水中的波纹，也撩起女校长的美丽发丝。

月上柳梢头，人约黄昏后。和一位花样年华的女子在河边的小餐馆里小酌，对我爹来说，可能还是第一次，他神情不免有些紧张。天气并不炎热，凉风习习。然而，我爹额头却渗出细细的不易察觉的汗星星。

饭馆不大，仅几张小方桌，紧挨着窗户一字排开。客人也不多，除了我爹和女校长两人占去一桌以外，另有四五个男女也占去两张方桌，还有两张方桌空着。

老板娘礼貌地递上一本精美的菜单，我爹微微点头接了过来："校长，您喜欢什么？您点。"

"别客气，你来点。"女校长笑得很美。继而转过身子，对老板娘说："先泡壶茶，龙井，菜我们慢慢点。"

老板娘干活麻利，龙井很快泡上来了，两个人边品茶，边商量着点了两个冷盆和三个炒菜，另加一份点心和两瓶青岛啤酒。都是家常小菜，荤素搭配。女校长告诉老板娘，冷盆先上，其余等会儿再上。炒菜待告知后再起锅。

如此，两人便细细品茶聊天，我爹紧张的情绪也渐渐平息了许多。

为了让我爹有话可说，女校长引出了一个话题："所长，你是本地人，给我讲讲这里的风土人情，或者是有趣的故事之类的，我很喜欢听。"

我爹说："可以呀，打从哪儿说起呢？"他略显轻松起来。

女校长说："就从眼前这个万活镇讲起吧。"

我爹说："这个古镇有来历。大约一百多年前的清代同治年间，有一年中原地区闹旱灾，大旱三月，蝗虫肆虐，寸草不生，饿殍遍野，灾民逃荒各地。逃荒者中有一位名叫金万水的年轻人在这里落脚，先在一座破庙苦宿年余，后来，凭着他吃苦耐劳，且有一手好手艺，慢慢发家了……"

"什么手艺发家致富的？"女校长打断我爹的话，"有点意思，你接着说。"

我爹喝了一口龙井，继续讲金万水发家的故事。

"金万水在老家时，从舅舅那儿学得一种手艺：做皮蛋。皮蛋亦称'松花蛋'，有的地方也叫'变蛋'。一般是鸭蛋的加工品，也有用鸡蛋或鹅蛋做的。加工方法大致如此：将新鲜鸭蛋涂上一层由食盐、生石灰、茶汁、草木灰等混合而成的糊状物，再放在稻壳上稍滚，然后放入坛内，用湿黄土和少许食盐封住坛口，经15至30天即成。成品皮蛋的蛋白凝固成赭褐色半透明体，因有些弹性，故称'皮蛋'，因内有松花状结晶，故又称'松花蛋'；蛋黄变成蓝黑色。食用时切成小块，用酱油和麻油作调料，质嫩味鲜，口感极好，是喝稀饭和下酒的佳肴。

"金万水制皮蛋的方法是原始的，用的加工原料也并无特殊，但是，其各种原料的比例是保密的，还有如何根据不同的温度、湿度作调整等也是保密的。可以说，制皮蛋是金万水的绝技。我们本乡本土也有人会制皮蛋，但口味都没有金万水的好。

"金万水四处收购鸭蛋，制成皮蛋后卖给四邻八乡的人们，销路最好的是大大小小的饭馆。因为所有饭馆，皮蛋冷盘是绝对不可少的。金万水做的皮蛋价廉物美，他收购鸭蛋比市场价高一些，他售出的皮蛋比市场均价低一些，薄利多销，赚钱远超同行。

"不多时日，金万水从土地庙里搬出，租借民房开起了皮蛋作坊；又过了一段时间，他在河边买地建房，挂起'金万水皮蛋制作工场'的牌子。他生意越做越大，门面越开越多，沿河半里地一条街全是他的市面。

"金万水没有就此罢手，财力、物力雄厚的他又做起水上运输的营生，陆上又办起了铁木业社，还和人合伙开办了典当行和钱庄。很快，金万水成了远近闻名的富户。这里原先是个小镇，仅在桥头有一家茶馆、一家染店、一家杂货店。打从金万水发富之后，这里店家越来越多，这条河成了水上运输要道，河边建起的码头，是金万水独家经营的码头，镇上一条宽阔的马路是金万水出资修建的，以后人们为了纪念他，把这条马路叫做万水路，若干年后，这个镇的名字也改成了万水镇。”

我爹讲到这里又喝了口龙井，润了润喉，停顿了片刻。

女校长见我爹有点累的样子，赶忙招呼老板娘上菜。

女校长忽然发觉了什么：“所长，不对呀，这个镇不是‘万活’镇吗，怎么是‘万水’镇呢？”

“告诉你，这是解放后改的名。”

女校长问：“为什么？”

我爹说：“‘万水’两字犯了大忌。我们这里的土话，‘水’和‘死’同音，‘万水’读作‘万死’，这不吉利；另外还有一个不妥，‘水’和‘岁’在我们这里用普通话说出来也是‘水’‘岁’不分的，‘万水’听起来像‘万岁’，一个小镇不该称作‘万岁’镇，对吧？不妥嘛。”

“是不妥，该改名。”她思考片刻提出了疑问，“不过，一百多年前的同治和光绪年间和以后很讲封建迷信的那些年里，这个‘万水’镇的名字，大家怎么没有联想到‘万死’镇上去呢？”

我爹说：“这我不明白。大概那时候老百姓生活艰苦，活着也受罪，死不死无所谓。”

女校长又问：“那时候皇帝不是称‘万岁爷’吗？大家怎么没有想到‘万水’镇该换个名字呢？”

我爹说：“这好理解，因为我们这里的人解放前都不讲普通话，‘万水’一直叫‘万死’，从未跟‘万岁’搭在一起。解放后读书人多了，开始讲普通话了，这才想到‘万水’之名不妥。干脆，‘万死’也得改,‘万水’镇获得了新生,改名为‘万活’镇。”

女校长捧腹而笑:“太有意思了,太有意思了!”

我爹调侃说:“是有意思。要是这金万水能活到今天会有什么感想,还真不好说。这罪该‘万死’的金万水什么也不知道了,他的后代也没有留下一个人在这里,估计他的后代都活得好好的。俗话说‘树挪死,人挪活’,人要活得好,都要像金万水他们那样挪一挪,不知他们是挪到中原老家去了,还是漂洋过海挪到别的国度去了。”

女校长说:“不管金万水挪哪儿去了,我们喝酒。”

“喝!”我爹端起酒杯,一饮而尽。

女校长抿了一小口啤酒,忽然想起了什么似的说:“我不是也从祖国北方挪到南方了吗?”

我爹说:“你不提,我还真忘了你是北方人哩。我刚才讲了金万水的故事,你也讲个你们家乡的故事给我听吧。”

女校长说:“你能讲故事,讲得好听,我喜欢听你讲故事。你不是当过兵吗?讲讲部队里的事吧。”

我爹别的不怕,怕就怕别人提起部队里的事。尤其是和女民兵班长的那件事,一直让他脑子发胀。女校长的提议简直是哪壶不开提哪壶,让他感到尴尬。我爹为了掩饰自己突然紧张的情绪,端起酒杯深深地喝了一口,搛了一筷菜急忙送进嘴巴里,迟疑了一下说:“嗨,小当兵的,有啥可说的,还不是跟枪呀炮呀的混了那么几年,没有啥讲的,没有啥讲的……”他手拿筷子在女校长面前晃了几晃。

女校长双眼紧盯住我爹的脸,眼镜片后面的眼睛微微眯了一下,她分明发现我爹有意回避着什么,不由得“咯”的一声笑出声来。

我爹说:“校长,你笑什么呀?真的没啥可讲的。”

女校长说:“你不好意思讲吧。”我爹有点紧张:“这,这,这有啥不好意思讲的……”

女校长笑笑说:“我不强人所难,不好讲就别讲了。我给你提个人,你或许就有故事讲了。”我爹真的紧张了:“谁?!”

女校长撩了一下被风吹乱的一缕长发,双目漾浥,吐出三个字来:“郝班长,”她的声音很轻,耳语似的补充说,“来你家乡接你去部队当兵的郝班长。”

我爹着实受到了惊吓似的,双手搭在座椅的两边把手上,抬起屁股,想站又没有站起,只是探过身去,两眼直勾勾地盯着女校长的脸,说:“你认识郝班长?”

“认识。”女校长取下眼镜,用花手帕擦去已经挂在两眼梢的泪珠。

我爹像从空中跌落似的将屁股重重摔在木板椅子上,长长叹了一口气:“郝班长,好人呐!”他抓起啤酒瓶,将半瓶子啤酒咕嘟咕嘟全倒进了喉咙里。随即又搛了一筷子菜,大口大口咀嚼着,泪珠在眼眶里打转,“打个比方吧,我是个瞎子,在野地里瞎折腾,是他,是我的郝班长伸过手来,牵着我,将我引到正道上。我不小心跌倒了,他又将我扶起,一直往前走。郝班长,我时时刻刻都在挂念着他,可我,我……”

我爹开始哽咽,女校长将自己擦过眼泪的花手帕塞进我爹的手心里:“所长,你擦擦泪。”

我爹赶忙推辞:“不,不用不用……”

女校长说:“送给你了。”

我爹说:“不好意思。”他用手帕捂住了鼻子,因为两条鼻涕快滴下来了。他闻到一股淡淡的香味,迅速地将手帕细心地折叠成小小的四方块,塞进裤子口袋里,补充说:“谢谢。”

我爹不明白，女校长怎么会和他提起郝班长，他们是什么关系？正在他疑惑不解的时候，女校长开始给我爹讲起了自己的故事，也是她这次邀请我爹参加研讨会的主要缘由。

女校长直截了当地告诉我爹："我曾经是郝班长的未婚妻。你知道，在那个年代，做一位现役军人的未婚妻是无上荣光的……"

女校长恢复了往日的平静，她絮絮而言，委婉动人的故事使我爹沉浸在往日的回忆里。

女校长和郝班长是邻居，住在同一个院子里，青梅竹马，他俩从小一块儿长大。他俩的父亲，年轻时都一起参加革命，做地下工作。各自成家后，40年代中叶，两家在同一年生下了郝班长和女校长两个孩子。解放前夕，由于叛徒告密，女校长的父亲被敌人杀害，寡母孤女，好不容易熬到了阳光普照的日子。女校长和母亲是烈士家属，政府对母女俩多有照顾，母亲找了工作，日子过得还算顺畅。郝班长父亲当了干部，两家人又是邻居，郝家人对女校长母女也十分关心。郝班长和女校长两人亲如兄妹，在同一小学同一初中同一班级读了九年书。郝班长对女校长十分庇护，加上郝班长在九年中当了九年班长，女校长因此没有受同学一点点欺负。

回忆这段往事时，她说："他是我挡风的墙、遮雨的伞。初中毕业那一年，我忽然产生一个想法，我要永远跟着他。"

是呀，一个小女孩，从小有一个哥哥处处护着自己，直到她懂事，回忆起来，不能不说是一种幸福。

初中毕业后，郝班长要升高中读书，女校长也想读高中，继续做条"跟屁虫"，她要和郝班长永远在一起，郝班长也希望她跟着。可是女校长的母亲执意要她读省城的广播学校。因为女校长读广播学校不用交学杂费和书本费，连饭费和住宿费也不收，可以减轻家中负担，女校长母亲的工资还要拿出一部分接济年迈的公公婆婆，女校长是个懂事的孩子，也便遂了母亲的意，考上了广播学校。

郝班长也如愿考上了省重点高中，两所学校离几站路，不太远，郝班长继续关心女校长。

“是的，他像亲哥哥一样关心我。每星期总要到广播学校看望我一两次，每次来总不会空着手，我爱吃的水果、糕点都是他买的，还时常悄悄塞给我几元零花钱。”女校长说到这儿，脸上洋溢着笑容。这是一段温馨甜蜜的回忆，她沉浸在幸福之中，我爹也被感动了。她接着说：“那三年，同学们经常用羡慕的眼光盯着我，有这么一位哥哥多好啊。我没有告诉任何人，他可不是我亲哥哥，是我心中的人。而同学们误以为他是我亲哥哥。只要他出现在校园里，总会有人大声呼叫我的名字，说：你哥哥来啦！我也大大方方奔过去，将他迎到学校操场一角的凉亭里，两个人坐在一起聊天，什么都聊，聊学校、聊自己、聊过去、聊未来、聊天南海北的事。快毕业的那个学期，他来看望我，我告诉他：我同寝室的一位闺蜜偷偷要求我，把她介绍给你做女朋友，你答应吗？”女校长笑出了声。

我爹说：“郝班长怎么表示？”

女校长说：“他说，告诉你闺蜜，中国的婚姻法规定，一夫一妻制，多妻是违法的。我问他：‘羞不羞，你妻子在哪儿呢？’他说：‘不就在眼前吗？’那一刻，我脸孔发烧，心里甜滋滋的，我感到自己是世界上最幸福的人。”

毕业以后，女校长被分配到县广播站工作。

郝班长高中毕业以后，本准备考省里的理工大学，但他父亲坚持让儿子到部队去锻炼。他父亲的观点是：书不用读多了，读多了成书呆子，还是到革命大熔炉炼一炼好。就这么简单，郝班长的父亲托老战友将自己儿子弄到了祖国最前线、最艰苦的海岛上去当了一个大头兵。

郝班长这个大头兵当得有滋有味，十分成功。在我爹接任炮一班班长后，郝班长便升任火力排排长，其间发生的一些事清晰地在我爹眼前浮现，这一段日子是我爹和郝排长最得意的日子，之后的日子就不怎么顺畅了。

正当女校长和郝排长两人鸿雁传书，卿卿我我之际，一件事情如晴天霹雳，砸在两个年轻人的脑门之上：有人放话，出卖女校长父亲的叛徒找到了，不是别人，正是几十年来一直无微不至关心着女校长母女的那一位：郝排长的父亲、县财政局郝局长。

消息传得有鼻子有眼，说当年郝局长如何送情报，如何被当局抓住，如何受刑招供，出卖同志，欺骗组织，苟活至今。郝局长是叛徒无疑，群众组织立马要求撤掉其局长职务，让他到“牛棚”去报到。

与此同时，群众组织派人找到女校长母女俩，代表组织向她俩表示亲切的慰问，和她俩一起庆祝雪了几十年的沉冤，并唤起她俩对敌人的深仇大恨。

昨日恩人、今日仇人，这个弯转得太急。

然而，照片、文字摊在母女面前，实实在在的证据摆在那里，还有什么可怀疑的，郝局长确乎是出卖女校长父亲的那个叛徒。

那时候，人们大多脑子发胀，两眼模糊，是非太多，真假难辨。许多事叫你信你不信也得信，许多事叫你不信你信也会不信。

在来人的百般关怀下，母女俩晕头转向。

来人的工作叫作“帮助人提高觉悟转好弯”，可惜，这个弯子转得太快太大，她母亲实在受不了，感情上接受不了，心脏负担不了，一口气上不来，通向大脑的动脉血管破裂，送往医院抢救时生命体征全无，就这样匆匆离开了人世，连一句话都没有留下。

“是的，我母亲就这么走了，连一句话也没有留给我。”女校长满脸伤感，但没有眼泪，她的眼泪大概在那时候已经流完了，泪腺已经干涸。我爹呷了一口啤酒，向不远处的老板娘招招手：“老板娘，再来两瓶青岛。”

老板娘高兴地送上啤酒，用起子起开瓶盖，一股淡淡的气从瓶口缕缕升起。

女校长轻轻叹了口气：“我母亲能说什么呢？难道郝局长真是叛徒，出卖了我父亲，是真的，还是假的，我母亲不知道，我也不知道；坐在我和母亲对面的那几位来人讲的是真的，还是假的，我母亲不知道，我也不知道；那些所谓证据，是真的，还是假的，我母亲不知道，我也不知道。我和母亲一片迷茫，我母亲是在迷茫中合上双眼的，如果真有天国，我相信母亲只有到那里寻找到我父亲才能解开这个谜。”

女校长送走了母亲，向县广播站请了一个月的假，她本打算去找一下郝局长，当面质询一下事情的真相，可是，他关在“牛棚”里，有人看守着，她见不到他；她本想去看望一下郝班长的母亲，他母亲病了在住院，医院有人守着，她也见不到她；她本想去榛子岛见一见郝班长，爷爷奶奶告诫她，现在不合适去，等事情弄清楚了再说。她觉得爷爷奶奶的意见有道理，也就打消了去榛子岛的念头。她在痛苦和迷茫之中陪伴爷爷奶奶度过了那难熬的一个月。待她去上班的时候，办公桌上放着郝班长20多封来信，几乎是每天一封。

按照邮局图章上的时间顺序排列，整整25封来信。

她关紧办公室门，一封又一封信往下看。从第十封信开始，郝班长才知道家中发生了变故，那是他叔叔写信告诉他的。因为这一个月她没有给他写过信，他没有别的渠道获知家中的消息。她在哭泣中终于阅完了全部来信。

我爹急切地问："郝班长信中说什么了？"

女校长说："他说了许许多多，都是感动人的话，你知道，他文笔很好。"

我爹说："打动了你？"

女校长摇摇头："那一天我心绪太差，感动不起来。他讲得最多的一句话是：我父亲是叛徒，且出卖了你父亲，我会和他一刀两断，脱离父子关系，带着你远走他乡。"

我爹问："如果他父亲不是叛徒呢？"

女校长说："他没有说。你知道他是一个组织原则很强的人，他对主流的说辞不会轻易表示怀疑的，他不希望自己失言被别人抓住把柄。他宁可信其有，也不信其无，对亲人也如此，这倒不是他残忍，而是他能忍。"为了证实她的判断，她补充说："郝班长曾经想劝你放弃起诉你堂兄的想法，可话到嘴边却成了：情况很复杂，你要认真考虑，自己做决定。"她用眼瞄了瞄我爹神色慌张的脸孔，接着说，"不是吗？你的那些事我全知道，那是郝班长以后一点一点告诉我的。"

我爹说："没有错，我那时犯浑，不该写那张状子，害了堂兄，也败坏了我老婆名声。我思忖，要是郝班长当时直截了当阻拦我，我是会听他话的。可他那模棱两可的样子引不起我重视。不过，他没有错，作为一个干部，是要有原则性的，武断发表意见会造成不良后果。"

女校长说："后来，郝班长告诉我说，在你的问题上他犯了错，犯了不可饶恕的错误，把原则作交易。"

我爹不解："跟谁作交易？交易什么？"

女校长说："原则是什么，原则就是黑是黑白是白，原则就是真理，不该把什么条例、规章当作原则。出卖原则，换取利益便是拿原则作交易。这是他后来说的。他还说，不分是非，做和事佬，该出手时不出手，这是他这些年来走入的误区。”

我爹说：“他也不该这样糟践自己，他不是是非分明要和父亲一刀两断娶你吗？”

女校长说：“如果我答应他娶我，你说我还是人吗？”

女校长经过深思熟虑之后，回了一封信给郝班长，在信中，她深切地感谢他十几年以来对自己真诚的关怀，表示会永远铭记他这位少女时代的好兄长，至于双方感情方面的问题就此打住，希望得到他的理解和谅解。

郝班长善解人意，尽管他内心千般万般地恋着对方，但也不会与对方纠缠不休。为了留有余地，他诚恳地希望双方仍能经常通信，保持联系，女校长答应了他的要求，只是书信往来大大减少了，其内容也只是报报流水账，缺少了感情色彩。

这个时候，也正值我爹我妈发生感情危机的时期。

女校长的爷爷奶奶年事已高经受不起大的刺激，两位老人相继病倒。这段日子，她基本上无法正常上班，成天在家和医院之间奔忙。不到一年时间，两位老人又相继撒手人寰。一年之内，她痛失三位亲人，如此打击，对于一位年轻女子，简直是天崩地裂。家中本缺少积蓄，自己又长期不上班，为料理亲人后事必须花费，可以说到了山穷水尽的地步。郝班长雪中送炭，给他汇来300元人民币，让她心中踏实了许多。郝班长建议她，将县广播站的工作辞了，到南方去散散心，顺便去南方寻找一个合适自己的工作。此时祖国南方和东南沿海一带开始改革开放，用人机制活跃，可从全国各地引进人才。再说，老家这块让女校长伤心的地方，不适合再住下去，应当挪挪窝。

郝班长的建议，正合她的心意。她原本就有此打算，想离开这块伤心地，然苦于身无分文，无法脱身。现在有了这300元垫底，她就可以到南方或东南沿海去转一转了。

为了保险起见，她到广播站请了半年假，没有正式辞去工作职务。

在南方几个省转了一圈以后，女校长来到了我们家乡县城。正遇县教育局招聘中小学以及幼儿园老师，她眼前一亮，觉得小学老师的工作她可以胜任。要说这里各种条件，和她老家差不多，估摸在全国属于中等偏下水平，还不是贫困县，有发展空间，适合她居住和工作。

经过规定的各种考核手续，县教育局录用她任小学语文老师，月薪38元。她很顺利地将老家县广播站的工作关系和个人档案材料等转到了工作所在地的县教育局，使工龄能得以延续。

当郝班长得知女校长在我们县教育局找到了工作，成为一名正式的小学教师以后，他便第一时间来信告诉她，这个县的某乡某村有他的一位非常亲密的战友，他就是我爹。

郝班长在篇幅冗长的信中，详细地介绍了我爹在部队的情况。甚至连我爹因与女民兵班长的儿女情长受到处分，拥军大妈出手相救，最后退伍离队时为何撤销处分等事无巨细一一告知。尤其重点说明我爹退伍返乡时的忧伤心情，他背负着结发妻子与他闹离婚的沉重思想包袱。

当然，郝班长也用了许多文字赞美我爹出众的才能和为连队建设作出的杰出贡献。他破天荒地使用了“天才”的字眼来形容我爹。在描述我爹与他的战友情谊时，又用了非常夸张的口吻说：他（指我爹）是我至今为止最可信赖的朋友，我不知道我今后的一生中还能否找到如此令人难以忘怀的人。

当女校长将这一切一股脑儿抛给我爹的时候，女校长分明看到两行热泪从我爹的眼角流下挂在脸颊上。

我爹不由自主地凑过身子，双手紧紧抓住了女校长的手，一个劲地摇晃着："谢谢你，校长，谢谢你……谢谢你告诉我这一切。我对不起郝班长，我给他丢脸了。我不值得他这样赞扬我、惦记我，不值，不值！"我爹发觉自己把女校长的手抓得那么紧，觉得自己失了态，忙松开手说："对不起，校长。"

"没关系。"女校长声音很轻，像对自己说话。她接着说："让你感动的话还有呢，郝班长建议我，争取到你家乡的小学去教书，看看你回乡后的情况怎么样，如果你已经离婚了的话，让我不要错过机会。如果你没有离婚，那就交个一般朋友。他反复跟我交代：此人可交。"

女校长的话再一次感动了我爹，他情不自禁地掏出花手帕，边擦去脸上的泪迹边说："怪我，都怪我。这些年我没有给他写过一封信，他倒是来过几封信，他那时已担任连长了。我没有回信给他，我辜负了他，我太自私，我怕揭自己的伤疤。不知道他现在怎么样了？校长，我不值你和郝班长挂怀。"

女校长告诉我爹，教育局当时有一条不成文的规定，凡是从外地引进的教师原则上都分配到农村学校去教书，因为那里师资缺乏。她就选择了到我们乡中心小学教书。报到后她悄悄打听，某村的某某人（就是我爹）怎么样？她很快得到信息，我爹是乡派出所的所长。

女校长眨了眨眼，笑着自嘲："所长，你没有离婚，我自然就没有机会啰。"

我爹略显尴尬："别笑话我，校长，你这么优秀……我们是好朋友。”

女校长忙说:“对,多个朋友多条路。你是我们学校的名誉校长,不单单是朋友,也是我们学校的领导,是我的同事。”

“没有错,来,干一杯!”我爹举起酒杯,一饮而尽。

女校长也学样,来了个一饮而尽。

四瓶啤酒所剩无几。我爹酒量一般,两瓶青岛还可以扛;女校长不胜酒力,两瓶青岛下肚已晕晕乎乎。

点心是生煎包子,每人两只,但都只吃了一只,剩余两只浪费了。结账走人时,女校长已经头重脚轻,走路踉踉跄跄,我爹怕她摔倒,扶着她胳膊慢慢行走。

万活镇经过一百多年的整合,尤其是近几年的开发,古镇容颜大有改观。道路宽了,楼房多了,路灯也亮了,树木花草也随处可见。镇政府提出的口号叫作:让万活镇绿起来,亮起来,活起来。

我爹和女校长走的那条道是紧挨河边的小马路,沿河灯光稀疏,并不敞亮,小白杨、柳树和樟树间隔着出现,缺少明确的规划。每间隔大约四五十米远便有一个石凳,供路人歇息或观赏河面景色时落座。石凳可供两人坐,人多时三人也可挤下。

这天晚上没有月亮,云层较厚,星星不多见,全凭稀疏的路灯照亮道路。我爹和女校长一路走得比较小心,两眼时时盯着地面,生怕被什么障碍物绊倒。

凉风一吹,容易酒性发作,女校长一阵头晕,呕吐了几大口,我爹赶忙扶她在近旁的石凳上坐下,给她轻轻捶了捶背。她清醒了一些,脑袋没有刚才那么疼,只是浑身瘫软,不得劲,想睡觉。我爹扶住她身子,靠在自己身上,让她感觉舒服一些。

这时候的女校长巴不得有人作依靠,她干脆双臂抱住我爹脖子,

真作假时假亦真。我爹和女校长两情相悦

倒在我爹怀里，闭上双眼，渐渐打起呼噜。我爹不敢乱动，又不宜将她推开，只能轻轻地搂住她的背，像抱着一个大孩子似的抱着她。路上行人不多，即便有人瞧见，也以为只是两位年轻人在谈情说爱，谁也不会过问。

不知过了多少时间，女校长在我爹怀里扭动了一下身子，慢慢睁开双眼，发觉自己坐在我爹腿上，整个身子都被我爹搂在怀里，感到很是羞愧，她边挣扎着从我爹怀里下来，边轻声说："谢谢你，所长，累着你了。我这会儿舒服多了，刚才一阵子真难受。"

我爹说："我不累，你真醉了，刚才挺吓人的。我抱你，不好……"

女校长说："你别多想，我不生气。我刚才实在太难受，我很想有人呵护我一下，俗话说，酒醉心里清，我是赖着你抱我的。"

我爹说："只要你酒醒，人舒服，我高兴……"

女校长说："我感谢你关心我，我想亲你一口，好吗？"

"这，这……"还没等我爹回答，女校长双手捧住我爹两边耳朵，深情地亲了一下我爹的嘴。

我爹将女校长紧抱在怀里，女校长胸脯上两个小小的"馒头"贴在他的胸肌上，既松软又富弹性，他清晰地听到她激动的喘气声，他似乎感到了她乳房后边轻轻的心跳。虽然隔着一层薄薄的衣服，但内心的激动是一样的。

……

女校长沉醉在梦幻之中。我爹的心也快跳出了胸膛。

一路上，他俩低声交谈。

"校长，你该嫁人了。"

"嫁人？嫁给谁？"

"郝班长，嫁给郝班长呀。"

女校长说:“乱象结束以后,经查实,他父亲没有被敌人逮捕过。出卖我父亲的叛徒是另一个人。那些材料是他们那帮人伪造的。那时候,我真想嫁给郝班长。可是有一天我打电话到他家中找他,接电话的是他的儿子。他已经结婚,还缠住我要我嫁给他,他欺骗了我,我一气之下,好几年没有和他联系了。我只知道他现在是一个要塞区的政委。”

“是这样吗?”

“是的,千真万确。算了,这辈子我就这么过,不嫁人了。”

“这不好吧,你应该找个合适的人嫁了。”

“所长,你别害怕,我不会再纠缠你,今晚是第一次,也是最后一次。你有一个好老婆,一双好儿女,我绝不会坏你的事,绝不会!”

“你别这么说,我是个男人,要说什么问题主要是我,我知道。我信你。”

女校长其实是个沉着稳重的人,在感情问题上她原本不会如此冲动。当她下决心一辈子单过以后,她就时时处处注意自己的形象。

她坦诚地告诉我爹,前些日子她看了一本并不是教人学坏的书。书上讲到做一个剩女的感受,剩女大多不是禁欲主义者,由于种种原因,她们做了剩女。但剩女也是女人,是女人中的特殊人群。女人需要男人,一个女人活在世界上,一辈子没有和男人亲热过,等于白白地来这个世界上走了一遭。

“所长,谢谢你,由于你,我总算没有白来这个世界。”

这是女校长进宾馆房间前对我爹的最后一句告白。她酒醉全醒了,她很轻松,她微笑着,脸红扑扑的,更增加了几分诱人的风韵。

由于总经理的妥善安排,这次来万活镇开会的八个人每人一个房间,所以,谁什么时间回房休息都由自己控制,也不会影响到别人。

我爹和女校长回到宾馆时，其余人是否回到宾馆也都不清楚，因为这天下午和晚上安排的是自由活动。

第二天一整天，他们八个人在万活镇的一个宾馆里研讨学校教育教学工作，重点研究了教改问题。对下一学年的各项工作作出了规划，包括学校的硬件设施的改善、师资队伍的建设、规章制度的修订、加强学生道德教育的意见和学校后勤保障机制的优化，等等。女校长是所有工作的设计者。她对这些问题了然于胸，还准备好了书面文件，拿出来让大家讨论补充或修正。麻雀虽小，五脏俱全，方方面面都要涉及，让全校师生贯彻执行，不发生大的错误，不发生大的偏差，而且还要做到比前一学年有所进步，有所前进，对一所学校来说，也是一项大工程。

校长是学校教育教学工作的主心骨，人们常说，一个好校长就是一所好学校。女校长表面看来文文弱弱，其实是一个信念十分坚定的人，在办学方向、策略问题上思路清晰，定力十足。

我爹在研讨会上也时不时地发表一些意见，他的意见大多受到女校长的肯定。相比之下，另一位名誉校长即总经理提出的一些建议却常常不切实际，并不可行，引来大家善意的哄笑，只是在资金赞助方面的力度得到了大家鼓掌肯定，因此，他也有些得意。

我爹和女校长瞒天过海的那一页很快翻过去了。这段经历在两人的感情生活上不会不留下烙印，但他们暂时相安无事。时间如流水般潺潺而过，没有任何绯闻传出。女校长遵守了自己的诺言，之后从没有和我爹在敏感的场合单独相处；我爹也兢兢业业经营自己的一亩三分地。除了工作以外，主要精力都放在照顾家庭上面。一家人恩爱和睦，宛若模范家庭。在不知不觉之中，我也被宣布担任了学校少先队大队长。

第四章
下海经商略有成　重回边塞报旧亲

长期以来，由于我爹工作踏实，业绩颇佳，老百姓口碑很好。俗话说，金杯银杯，不如群众口碑。我爹的名声不仅在全乡，而且在县里也有所闻。五年一届的县、委办局和乡镇街道的干部换届选拔工作正在进行。在我们这里，选拔干部主要是由上级领导决定的，因此，小老百姓既不了解，也不关心。上级选拔谁就是谁，只要你为老百姓办了事，老百姓就会说你是个好官，你不为老百姓办事，或者办坏事，老百姓背后骂你狗官。骂过之后，出了气也就完了。

近日忽有小道消息传出，县里组织部门和县公安局对我爹感兴趣，说是有可能提拔我爹当县公安局的副局长什么的。

听到传闻，我妈有些激动。她这个人从小没有种过地，也不会种地。结婚后，拿的是针筒，没有拿过锄头铁锹，她是农民中的“小资”，有进城住洋楼的渴望，所以对于我爹有可能提拔的事，十分期盼和希冀。

而我爹则不以为然。他从小在远离县城的偏僻的农村里长大，没有太大的欲望。很少听说这儿十里八村有谁到县城里当什么官。在他看来，能当上乡派出所所长已经是祖坟上冒青烟了，还是太太平平在乡下过日子的好。我爹心头还有一个结：去县公安局当领导，政审这一关非过不可，他那些在部队里的旧事要是被抖搂出来，不要说县公安局领导当不成，就这派出所所长把不定也会被撸了，所以提拔考察反成了他一桩心事。

晚上，我爹我妈刚躺下，我妈抱住我爹肩头喜形于色地说："要是正如小道传言，你当上公安局副局长该多好，我们一家人搬城里去……"

我爹不耐烦地甩掉我妈的手，扭转身子说："你做梦吧，全县公安民警快两千人，还能轮到我？"

"你摔什么盘子呀，我这也是好话。当得上当不上都是你的事，跟我不搭界。"我妈有些生气，伸手拉一下床头边电灯的拉线开关，灭了灯，"睡觉！猪，好赖不分的猪！"

我爹一骨碌转过身，一把抱住我妈，求饶般地说："老婆，别生气了，我知道你为我想。"

我妈假装在我爹怀里挣扎了一下："都是你，今晚想跟你那个一下，这兴致全给你搞没了。"

我爹双臂抱得更紧了，我妈动弹不得，只得投降，将嘴唇凑到我爹嘴唇边，用力吮了我爹的嘴。我爹气喘吁吁地说："老婆，兴致不紧挨了吗？"

我妈轻轻拧了一下我爹发达的胸肌，嗔一声"厚脸皮"，嬉笑着朝我爹怀里钻去。

近些日子我堂伯母朝我家跑得特勤，一次又一次向我爹我妈通报好消息，好消息自然是关于我爹升官的事。一会儿说是县里打电话给我堂伯，了解我爹近来的工作表现，一会儿又说县里来人找乡里堂伯他们几位主要领导谈话，内容好像也是和我爹有关。我妈曾经悄悄地试探性地对我堂伯母说:“我家那口子的事让大哥费心了,要不要我和老公上你家当面谢谢他?”

我堂伯母把头摇得像拨浪鼓似的:“不不不,用不着。兄弟升官,做哥的理当帮忙。再说,你们两口子掏心掏肺地待我们一家人,他再不托一把,那良心不是给狗吃了。”

我堂伯母前天通报的最新消息更令我妈兴奋。说是堂伯亲口告诉她的,说兄弟去县公安局当副局长的事八九不离十,再往前跨一步就到了。并且说这次堂兄真是为我爹讲好话了,这在以前可不大会有的。我妈连声道谢。我堂伯母是个不会讲假话的人,看样子这一次堂伯真是帮了忙了,至少没有拆台。

升官这种事,一般都比较敏感,风传许久而落不到实处的前车之鉴不在少数,没有正式到位,那变数大着哩。风传越久,越不能落实,明摆着的,时间久,人多口杂,金子也会熔化。说不定会有人爆料,什么经济问题呀,生活作风问题呀,等等,都具有很强的杀伤力。只要是缺德的事,往人家头上一扣,这人基本上就没有戏了。哪怕是莫须有的,埋汰人的都可能发生。有时上级部门想查也查不清楚,甚至越描越黑,越查越糊涂。用不用这个人,常常只能凭上级领导的“魄力”,“魄力”大,用上了,什么事也没有,一切传言自动收摊;“魄力”小,不敢用,便会谣言四起,说得你不像个人样,这辈子的政治前途也就完结了。

在没有最后落实之前,我爹升官的事还悬着哩。没过几天,我堂伯母又传来了最新消息,这消息只告诉我爹一个人。那天下午,我堂伯母在河边桥头拦住了骑着摩托车下班回家的我爹:“兄弟,有件要紧事得告诉你。昨晚三个‘坏胚子’(我爹三个所谓‘发小’,我堂伯母嫉恨他们,一直称他们‘坏胚子’)到我家找你哥,鬼鬼祟祟的,我

时来风送滕王阁。我爹真听信传言，以为要升官了

知道不是好事。我躲在门旮旯里偷听，他们向你哥报告，说什么头天在邻乡的一个什么集市喝酒，席间有人无意间谈到我乡派出所所长，就是你吧，说你在部队时玩女人受过处分。我不信，兄弟你不是那种人，对吧？他们搞错了。”

我堂伯母对我爹很好，她真心希望这消息是假的，是搞错了的，或者是故意陷害人的。她那乞求的目光告诉我爹，多么希望我爹告诉她，这消息是错的。然而她分明发现我爹一刹那被惊呆了的神情，这种神情意味着什么，她讲不清楚，但她心里头懂。她说：“兄弟，你没有这种事，对吧？你不会有……”我堂伯母自言自语，莫名的担心写满了她的脸。

我爹怔了一下，马上回过神来，嘴角边现出一丝苦涩的笑。他忽然觉得面前的堂嫂不是堂嫂，而是从小呵护自己长大的亲姐姐——我的姑妈。因为在我姑妈的眼里，我爹一切都是美好的，有瑕疵也是有原因有道理的。站在我爹面前的他的堂嫂，也是这样的女人。我爹嗫嚅着：“嫂子，谢谢你，谢……谢你，我没有，没……没有这种事。你放心——”

我爹此时五味杂陈，堂伯母她那爱怜的眼神刺得他心疼。他钉子似的站着，挪不开步。

我爹怀着一颗忐忑的心，缓缓地跨上摩托车，在发动的瞬间，我堂伯母紧赶一步，悄声说：“兄弟，这是没有影的事，你千万别告诉弟妹，免得她那个……”

我爹点点头，心儿乱成了一团麻。

一场暴风雨即将袭来，昔日的英雄，能抵挡住这场暴风雨吗？

我爹跨进家门，我妹妹飞也似的抱住了他的双腿：“爹，妈为你烧了你最喜欢吃的红烧大肠，还有粉皮胖头鱼汤……”

我爹双手抱起我妹妹，在她粉嫩的红脸蛋上亲了一口。一股鱼香味从屋里飘出来，我爹深深地吸了一口气。我妈满脸堆着笑，端着汤锅从厨房里出来，她不知道自己丈夫的心情有多么沉重，她只期盼着花一样的明天。

为了不破坏家庭欢乐的氛围，我爹强忍住近乎绝望的悲哀，和爷爷一起分饮了一瓶我妈为家中两个男人准备的绍兴花雕。

我妈从厨房到客堂间来回端菜送饭，我爷爷称赞我妈炒的菜有味道，好吃，我爹喝着闷酒很少讲话，只有我和妹妹两人为了争夺好吃的菜打嘴仗，唧唧喳喳。

我妈总是最后一个上桌吃饭的人。等她端起饭碗拿起筷子的时候，我爹和我爷爷已经将一瓶花雕解决了。看着全家人将小菜吃去不少，我妈很高兴。她常说：大家吃菜越多，说明我菜炒得越好，我会特别开心。我妹妹很会拍马屁，讨我妈欢心。每次遇到我妈炒了可口的菜，她总是用一个空盘子将好吃的菜夹在里面，等妈妈上桌时孝敬给她。这时候我妈总会亲她一下额头说："宝宝真好，妈妈喜欢。"随后，夹一筷子我妹妹最爱吃的菜送到她饭碗里，"这给宝宝吃的。"此时我妹妹便侧着脸瞄着我坏笑，得意地咀嚼，想引我眼馋。这鬼精灵总不吃亏。

俗话说，千错万错，马屁不错。这句话用在我妹妹身上活灵活现。

我妈还没有吃好饭，我爹就说有点头疼，想早点休息。我妈忙放下碗筷，张罗着给我爹烧洗脸水。我爹说："不用，我自己烧去。"我妈还是抢先忙去了。我妈就是这样的人。她把我爹、把我爷爷照顾得无微不至。当然，还有我和妹妹。

每当想到我妈的好处，我爹的心总是隐隐生痛，感到内疚。

其乐融融一家子：我爹、我妈、爷爷、我和妹妹

眼前的事，将会给她又一次天大的打击，怎么办呢？他想自己升不了官，哪怕当不成派出所所长，这都是自作自受，不怨天不怨地。可是，如果因此亏欠老婆，让老婆无法做人，真是天理难容！

整个晚上，我爹都没有合眼。他想捅醒熟睡中的我妈，来个竹筒倒豆子，一股脑儿全告诉她。几次冲动，几次压下。他想，不能太急，她受不了那么大打击，让她慢慢地先听到一点风声，听到一点暴风雨来临之前的风雨声，思想有所准备再告诉她，或许会好一些。

再说，情况到底会发展到什么地步，也很难预料，也许——可能没有也许，但也许有也许——我爹还存在一丝幻想，但那几个“坏胚子”不可能让他有“也许”，这一点，我爹明白。这几个“坏胚子”是怎么当上村干部的，我爹心中清楚，我堂伯也不糊涂。可是——农村里的“可是”太多，当你卷进这“可是”的漩涡之中，你可能活得太累，谁愿意去累呢？老百姓都想过几天安生日子。

下午时，堂伯母对我爹说过这样的话：“这几个‘坏胚子’要弄人，谁也挡不住。”意思是说，我堂伯也挡不住。

我堂伯母的话没有错。“坏胚子”们终于设法找到了集市上那位好事者，那位好事者是当时我爹附近连队的一位退伍军人，他是道听途说获得的信息，说我爹因为什么原因受到了什么处分，讲得有鼻子有眼，“坏胚子”们当场作了笔录，他们使招让他就范，签上姓名，按上手印。他们将证据复印了三份。一份送县委组织部，一份送公安局，另一份送乡里，原件留在手里作存根，以备后用。

俗话说，好事不出门，坏事传千里。

我爹和女民兵班长的那件事一下子在乡里传开了，其传播速度之快，远远超过了我爹我妈勇破“敲头案”的英雄事迹。

揭发我爹的所谓“证明材料”送到县委组织部、县公安局和乡里的领导手里，自然引起了重视，三个单位的主要领导各自几乎在同一时间开了碰头会。可以想象，提拔我爹任公安局副局长肯定泡汤了，至于定什么性质，后续问题如何处置，主要归县公安局管，因为乡派出所是县公安局的派出机构，派出所的公安民警人员编制都归县公安局，说通俗点，公安民警端的是公安局的饭碗。派出所所长的直接领导是公安局的领导，乡里领导对派出所只负有属地意义上协调管理责任，对上级各部门在乡里的派出机构人员的处置只有建议权。

鉴于我爹是本地区有影响的人物，县委组织部建议县公安局在处置时慎重妥善一些，县公安局本身也有此考虑，所以所谓“证明材料”也就暂时躺在政工科的抽屉里，领导的批复意见是“视情况调查落实后再研究处置”。

县公安局领导的批复是很有水平的，首先是“视情况”，视什么情况，视的是检举揭发的人还有没有新动作，视的是上下有没有反响，如果一切平静，那就可能一直搁置，不予处理；如果有动作、有反响，那进行第二步“调查落实”，视“调查落实”情况“研究处置”。领导的步步设计，是一种艺术，也是一种科学，科学需要冷静，领导们的头脑是冷静的。他们见多识广，比我爹这事还要挠头的事多了去了。乡领导的头脑也是冷静的，我爹他堂兄收到“证明材料”后立即叮嘱秘书：“放进保险柜里，防止扩散。此事归县公安局管，看看情况再说。”

当然，乡秘书口风是紧的，他不会散布消息，散布消息的还是那几个“坏胚子”。他们煽风点火的重点区域有三：第一，本村。让全村家喻户晓，使我爹变成过街老鼠，人人喊打；第二，我妈妈工作的乡卫生院。让卫生院的人戳我妈脊梁骨，让我妈日子难过；第三，扩大送“证明材料”的范围，给县公安局施加压力，目标是不仅撤销我爹的职务，而且还要扒下他身上的“黄皮”。

很快，村民们都知道了我爹在部队的那件事，乡卫生院的人也都得到了消息。但是，“坏胚子”们的愿望并没有实现，因为我爹和我妈人缘很好，村里很平静，这把火烧不起来，只是到我家串门的邻居减少了一些。我堂伯母还是照常，经常来我家嘘寒问暖，和我妈攀谈那些家长里短的琐事。乡卫生院我妈的同事们一如既往地对我妈态度热情，当然也少不了有人给我妈通风报信，我妈的几个闺蜜还会讲许多宽慰我妈的话，大多是正面的劝说，希望我妈想开一点，相信我爹不会那么坏。

我妈是个要强的人，我爹的背叛对她的打击太大，脸面上实在搁不住，尽管我爹一再向她认错，并将事情经过一点不落向她作了坦白，她仍然半信半疑，怒气难消。

我爹我妈冷战开始后，两人都很少言语，只是涉及我爷爷以及我妹妹的事才相互知会一声。

爷爷一声不吭，看得出来，爷爷内心极其痛苦。

我妈的眼睛一直红红的，她肯定流了不少眼泪，但在我们面前从来没有哭过。

我妈没有说过一句要和我爹离婚的话，她可能没有往这方面想过。因为她爱我和妹妹，对我爷爷也很孝顺，她认为我爹是男人中很优秀的。

我妈和我爹继续冷战着，她忍着，等待着时间的裁决。

我姑妈和姑爹比以前来得勤了许多，他们的走动自然是为我爹着想，他们的说辞至少可以宽慰我爷爷的心，在我爹和我妈的关系上加了一点润滑剂。

“坏胚子”们扩大送“证明材料”范围的行动奏效了。许多部门领导纷纷与县公安局领导联系，转出“批示”或口头指示、建议，让公安局的领导也感到了一些压力，压力主要来自上头，不可小视。

县公安局政工科派了两位同志来到了我们乡，直接找我爹谈话，我堂伯也被邀一起参加。谈话内容是事先定好的。我爹在部队里的男女苟且之事的经过不是重点，因为这些情况年代久远，查不清楚，再说部队已有结论，不是现在公安局的职责范围内的事。现在要调查的是我爹是否受过处分？如果受过处分，为什么档案里没有处分材料？是否做过手脚？

我爹如实作了汇报：错误确实存在，处分也是事实，但退伍之前已经撤销处分，处分材料没有装进档案。

政工科的同志说：“决定处分的材料和决定撤销处分的材料应该还在部队，能否协助找到？”

我爹告诉他们，因军队任务的变化，原先连队的编制据说已撤销，档案材料在何处保管已经不清楚。不过，原先连队首长还有在部队工作的，可以通过他们打听。

政工科的同志说，他们也希望事情能顺利解决，因为能否找到这两份材料是解决问题的关键，它涉及的不仅是处分本身的原因，而且涉及个人对组织的忠诚。言下之意，如果现在还背着处分，隐瞒组织，那简直就是混入公安队伍的坏分子，必须清除出去。

锣鼓听声，说话听音，经过政工科同志稍一启发，我爹突感问题严重，不由得惊出一身冷汗。

我爹想到了郝班长，现在唯一的希望是他能设法帮自己找到这两份决定。

送走了县公安局政工科两位同志以后，我爹堂兄留下来和我爹又聊了一会儿。聊的主题仍然是必须想办法找到部队两份决定的问题。他对我爹的事表示了一定程度的关心，希望有一个比较好的结果。临走时，他似乎自言自语又似乎告诉我爹说：“这几个‘坏胚子’提前给我打招呼，弄到材料不给我看，却偷着到处送，这葫芦里到底卖什么药，真弄不明白。兄弟，你得提防着他们一点……”他边讲边起身告辞，我爹惴惴不安地将他送出派出所大门。

我爹明白，堂兄留下来的用意主要想告诉我爹，所谓“证明材料”他虽然事先有所知，但此事弄到如今这地步跟他是没有牵扯的。同时，表明他是关心自己堂兄弟的。

至于“坏胚子”们怎么会先向乡一把手汇报，然后再行动，其中的幺蛾子我爹也不明白。

我爹在女校长办公室里找到她，他将自己几乎处于绝境的突发情况告诉了她。女校长听后并不感到吃惊，她将一杯泡好的龙井茶送到我爹面前：“别急，坐下慢慢说。”她不慌不忙，“你这件事永远是一颗定时炸弹，就看爆炸的价值，有必要爆炸时它就炸了，炸得你遍体鳞伤、粉身碎骨。前些时，我听人说，你可能升任县公安局副局长，乍一听说时，我心中为你高兴，高兴之后又为你担心。我曾经想让你退出竞争，可怎么退？你也没有去竞争；我想让你人为地制造一次错误，让上级领导打消提拔你的念头。有什么错误可以人为地制造呢？很难。再说你也不一定愿意这么干。是吧？……”

“校长，你为什么不早点提醒我呢？你不知道，自从有可能升官的消息传到我耳朵里以后，我一直坐立不安，我担心会出问题，果不其然。今天公安局政工科来人希望能看到我的处分和撤销处分的两份决定，以此来判断我对组织的忠诚。我想请您找到郝班长，设法找到这两份决定。”

女校长说，她已经多年没有和郝班长联系了，能否联系上，能否找到当年的那两份决定，她没有把握，但她表示可以试试，她会努力。

除了我妈、我姑妈，当然还有我爷爷为我爹的事感到伤心、抱怨以外，女校长也是其中一员。女校长没有成为郝班长的妻子，这并不等于她不爱他，她不仅爱郝班长，而且，爱屋及乌，她也移情到了郝班长的战友——我爹身上。当然，我爹的许多品质也吸引了她。

我妈对我爹的爱是逐步加深的，经过许多年的磨合，我妈深感我爹是一个可靠的男子汉，是可以托付一生的人。突然的变故使她晕头转向，她用尽了女人斥责丈夫惯用的尖刻语言来挞伐我爹。我爹没有一点点生她的气，那是因为他深深地知道，这个女人是多么地爱着自己，多么地恨铁不成钢，而他自己却又多么地不成器。令深爱自己的女人失望，这是男人心中的痛。

我爹偷偷地流过几次眼泪，但在我妈面前他没有露出蛛丝马迹。因为我妈的刺激性极强的语言，包括后来的冷战都没有让我爹感到委屈，在他心里，最感委屈的人应是我妈，而不是他自己。我妈泪流满面的沮丧模样，深刻地烙印在我爹的心中。

而现在，当我爹面对这位对自己有情有义的女校长的时候，他的眼泪却夺眶而出。他需要别人的同情，同情可以抚慰人的伤痛，他找不到任何别的人倾诉，唯独女校长；他需要别人平静的分析和点拨，他找不到任何别的人开导，唯独女校长。

女校长的一席话拨云见日，一缕阳光照到了他的身上。

女校长说："人们可以寻找一千条理由来为自己的错误辩解，但是，一个真正的男人应当寻求用一千种方法来弥补自己的过失。在弥补过失的过程中，可以放下那些男人最偏爱的东西——面子、地位和尊严，但不能放下对亲人的爱，不能放下对朋友的诚信，不能放下对未来的企盼。”她用诗一样的语言抒发自己的感情，“所长，你必须，必须用实际行动，用火一样的热情去温暖你妻子近乎冷却的心。你要用钻木取火的方式，点亮你妻子心中那盏灯，让它照亮你们全家的人。现在，你不是核心，你妻子才是。”

其实，在我爹眼里，面前的这位俏丽的女人也是一盏灯，它照亮了我爹的心。当他离开女校长办公室的时候，龙井茶已经凉了，他端起塑料制的一次性茶杯，连呷几口，喝了个底朝天，连许多茶叶也一起吞进了喉咙。一股清香味袭来，他接连打了两个嗝：“校长，你的话使我开窍了，我会照着你的话去做的。”

我爹感到轻松许多，这是几天以来的第一次。女校长的启发，使我爹茅塞顿开。此后的一个阶段，我爹将重点工作放在“家”上面。他起早晚睡，有空便去地里干农活，抢着做家务事，见缝插针承担以前归我妈干的那些琐碎活计。我爹对我和妹妹也更关心了，他推掉了一切应酬，每天接送我和妹妹上学（这一年，我读六年级，妹妹读二年级）。我发觉我爹话少了，干活勤快了。讲话也不像以前那样瓮声粗气，亲切多了。那腔调就是“小三子”的腔调。

我爹的努力终于收到了效果。首先是我妈脸色红润起来，渐渐恢复了往日的妩媚。她瞧我爹时的那眼神慢慢从怨恨转向爱怜。我爷爷整日紧锁的双眉也舒展开来了。我和妹妹从家的变故中似乎也感悟到了什么，两人都比以前乖、懂事，拌嘴比以前少，写作业也不用妈妈紧催了。

“家”是社会中一个小小的分子，“家”像行驶在大海上的一艘小小的帆船，稳固“家”是为了使家这艘帆船不被大风大浪掀翻。我家的这艘帆船经过全家人的努力，终于慢慢地稳住了船体，但我爹心里明白，这仅仅是暂时的，暴风雨随时可能会再次袭来。要战胜暴风雨，度过这艰难的日子，必须作出牺牲，我爹做好了思想准备。

经过女校长的联系和郝班长的努力，我爹的处分和撤销处分的决定材料终于找到，并及时送交了县公安局政工科，消除了公安局领导对我爹可能存在欺骗组织行为的怀疑，这对我爹显然是有利的。但是，我爹没有向组织汇报所犯的错误的问题显然还是存在的。

给不给予处分？给予什么处分呢？公安局党委内部发生了分歧。

大部分人认为我爹所犯的错已在部队里处分过了，地方上没有重新处分或再加一次处分的必要，而且这些年没有发现我爹他生活作风上有什么问题，至于他没有向组织汇报曾经受过的处分，那也是事出有因，因为处分已经撤销了。撤销处分后，档案里没有材料，重新参加工作要不要向新单位汇报老情况，警纪条例里有没有这条规定，大家找了半天也没有找到。

政工科科长忽然想起有一种“干部履历表”，上头有一个项目，叫作“曾受过何种奖励或处分”。“对了，这就是依据。”几个人异口同声，终于找到了答案。政工科科长翻遍了材料箱，找不到这种“干部履历表”，后来发动全科室的人一起找，终于在一只破箱子里找到了一份。政工科科长火急火燎拿到党委会上，大家一看，嗨唷，那是哪一年的东西，履历表的顶头一行醒目的大字写着：阶级斗争要天天讲、月月讲、年年讲。材料太旧，大家又不吭声了。

“算了吧，我们还是从实际情况出发，实事求是吧，该怎么样就怎么样。”

公安局长提议党委成员继续议一议，争取有一个统一意见。大家七嘴八舌，还是统一不起来。党委书记见状，也只好作罢。此次党委会的结论是：因意见不够统一，下次择日再议。

择日再议意味着将问题搁置起来，并没有画上句号，万一有个风吹草动,又马上会提到议事日程上来。

暴风雨过去了,淅淅沥沥的雨还在下,晴天并没有到来。

俗话说,屋漏偏逢连夜雨。比喻人遭了难,还会接连不断继续遭难。我爹就是这样的人。一件破事没有过去,接连又来了破事。坊间又有了传言,说我爹和女校长有不清不白的关系。

坊间传言的始作俑者不是别人,就是小学的那另一位名誉校长兼经济开发区总经理,我们姑且称他为“经总”。

经总是乡经济开发区的头头,思想比较开放,头脑比较灵活,在思想保守的农民之中,他属于另类。这些年,他去全国各地,尤其南方诸省和东南沿海跑了不少地方。他还和县属各乡镇主管经济工作的领导们一起漂洋过海出国考察学习,应该说他眼界开阔见多识广。他广交经济界的朋友,为乡里引进了一些项目和资金,可以说是提升乡经济实力的有功之臣。

他为乡财政提供了资金的同时,自己的荷包也鼓了起来。他从一个村的小会计干起,现在是乡里财神老爷,地位高了,派头足了,口气大了。不知从什么地方学来的,成天在嘴里唠叨搞经济工作的口头禅:看到绿灯跑步走,遇见黄灯赶紧走,碰到红灯绕道走。走,走,走,往前走,不回头,不呀不回头。

经总这样的人,自然能说会道,而且常常口无遮拦,尤其是几杯“黄汤”灌肚以后,更加大胆放肆,什么话都敢说。

一次酒足饭饱之后,几个和他一起灌“黄汤”的人听他讲黄段子,大家笑得肚子疼。他胡言乱语非但没有人阻拦他,反而一齐鼓掌叫好。酒醉之后谈女人,本是我们那种地方不少男人的毛病。

屋漏偏逢连夜雨：升职之际，又有了我爹的绯闻传言

这一天，经总又开始滔滔不绝：“你们知道我是谁？我是本乡经济开发公司的老总，还有个头衔你们知道吗？”

大家说：“不知道。”

经总得意且有些神秘兮兮地说：“告诉你们，我还是乡中心小学的名誉校长哩。”他翘翘大拇指，继续说，“校长哩，我也算是个文化人。你们见过我们的女校长吗？”

大家说：“没有见过。”其实有几个人认识女校长，为了撩他讲女人的兴头，大家都推说没见过，不认识。

经总见大家不认识女校长，便更来了兴头：“告诉你们，我们的女校长脸皮白嫩，身材高挑，要长相有长相，要线条有线条，走起路来腰子扭来扭去，那不大不小的屁股……勾得人眼睛发直。一等美人。有句什么话啦？叫作闭月羞花。月中嫦娥见了她都将窗户关上，美丽的鲜花见了她都自感羞愧。不过，也有点美中不足，胸前的两坨肉小了一点……”

经总的绘声绘色引来大家一阵哄笑。他也得意地咧嘴大笑了一阵。

笑声中有人发话：“经总，你当这名誉校长是否为了女校长而去的？”

“不不不，兄弟之言差矣，是女校长聘我去当名誉校长的。”

马上有人说：“女校长看上你经总？好事一桩呀！”

“不不不，兄弟之言差矣，她不是看中我这个人，是看中我开发公司的这个。”经总拍拍腰间的钱包说，“是这个。你们看，那学校的小礼堂多漂亮，是我请来南洋老板赞助造的。乖乖，这名誉校长可不是白当的。”

又有人发话：“那女校长肯定感谢你经总，总会表示表示啦。”

经总打了一个饱嗝，喷出一口酒气，连声说："名花有主，名花有主。"

大家特别感兴趣，究竟是谁独占了这花魁，所以发出了同一个声音："这位'主'是谁呀？"

俗话说，酒醉心里清。经总心里明镜似的。这位"主"是谁，那是绝对不能从自己嘴里说出去的。

他忽然站起身，脚下轻飘飘的没有站稳，差点儿摔倒，两旁马上有人将他扶住。他在众人的簇拥下一脚高一脚低踉踉跄跄向外走去，嘴里呜呜的："这不能说，这不能说……"他迈下饭店大门外最后一个台阶时，打了一个趔趄，身体歪斜，双手猛地搭在旁人的后背双肩上，他的嘴唇几乎撞在那人的耳朵根子上，他呜呜着，"这不敢说，不敢说，人家是带枪的，我们老百姓怎么敢……"他双腿一软，终于从那人的后背上哧溜下来，趴在地上不省人事。

众人七手八脚将他从地下抬起，背着他直奔乡卫生院。那晚正遇我妈值班，一看便知道酒精中毒，马上给他挂点滴，半个多小时以后，见经总无大碍，众人便陆陆续续离开卫生院回家去了。

我妈去药房间取药，昏暗的走廊灯光下晃着一个人影，我妈定睛一看，原来是我堂伯的大儿子。我妈吃了一惊，忙说："老大，你怎么在这儿，这么晚了，身体不舒服？"

老大蹑手蹑脚迎上前去唤了一声"婶"，悄悄说："那躺在里头病床上的酒鬼是经总吧？"我妈点头称是。老大说："这贼娘养的不是个东西，他在酒店里放野火，说我叔（指我爹）和小学的女校长乱搞男女关系，婶你得告诉我叔防着他点。"

我妈一听，吓得一激灵，汗毛都竖起来了，她小声说："老大，有这种事？可不作兴胡说呀！"现在，我妈最不想听的就是关于我爹这方面的事。

老大说："婶，我刚才在饭店里偷听到的。这贼娘养的当着许多人面说的，他没有讲叔的名字，只是说带枪的人，我们乡里谁带枪的？只有我叔。肯定是说我叔，错不了。婶，你别急，要是这贼娘养的再不识相，我来给他点辣糊酱吃吃。"

我妈说："老大，不许胡来。"说着，将老大轻轻拽进值班室，"怎么回事，慢慢告诉婶。"

老大便一五一十将在饭店里听到见到的情形原原本本都告诉了我妈。

我妈问："他有没有说你叔和女校长怎么乱搞男女关系的？"

老大说："这没有说。"

我妈又问："在场的那些人你认识吗？"

老大说："认识几个。"他便张三李四地报了几个人名，其中还有村里的一个"坏胚子"在。

我妈知道大事不好，村里的"坏胚子"又要兴风作浪。

我妈在这种时候脑子还是清醒的，她不信自己男人会和女校长有什么深的瓜葛。因为她了解经总，此人无事生非的事多了去了，他的话不可信，但造成的后果却可能十分严重。她必须赶在"坏胚子"们前面将漏洞堵住。危急时刻，我妈作出了一个正确的基本判断：宁可信其无，决不信其有。她对老大说："明天早晨你赶紧找到小学的女校长，把你对我讲的这些全说给她听。你还要告诉她，马上对总经理采取措施，堵住他的臭嘴！就讲我让她这么做的。"

"明白，婶放心，我明早准去找女校长，总经理这贼娘养的埋汰女校长，是得治治他。文的不行来武的！"

"别乱来，你还小，不懂事，听我和女校长的。"

老大说:“好,我听你们的。”说完,一溜烟地出了卫生院大门,消失在淡淡的夜色里。

老大这一年才17岁,比我大五岁。长得五大三粗,比我高出一个头。他小学毕业后只读了两年初中,学习成绩太差,没有心思往下读,一直在家浪荡着,从小懒散惯了,什么也不想干,闲着无聊,走东村串西村,结交了一些小伙伴,时不时干些偷鸡摸狗的勾当。仗着他老子是乡干部,人家没有拿他怎么样。我堂伯堂伯母为他着急,从小没有少打骂他。天生的料,纠正不过来。现在长得一个好身坯,更由不得父母来管教,像一棵歪脖小树,爱怎么长就怎么长。

别看他小小年纪,对他人都不太买账,可对我们一家人却是很亲。

我和妹妹深有体会。凡我和妹妹遇到受人欺负的事,他都会出头帮忙。两个弟弟他也护着,谁也不敢欺负他弟弟。他尤其对我爷爷孝顺,弄到了什么好烟好酒偷偷往老人家那里送。他对我爹我妈也十分尊重。我堂伯母管不住他,就常来我爹我妈面前诉苦,我爹我妈经常找他做思想工作,他对我爹我妈的话比较肯听。

这一切,可能都受了他妈的影响,因为他妈对我们全家亲。

尤其让他难忘的是我爹我妈救过他三弟的命,他常对他三弟说:“要没有叔、婶救你,你早就到阎王爷那儿报到去了。”

虽然老大有不少缺点,但他毕竟还是一个有情有义、知恩图报的人。

经过一夜折腾,第二天早晨,总经理完全清醒过来了。他几乎忘了昨夜是怎么住进卫生院的。我妈告诉他昨夜酒喝醉了,大家把他送卫生院的。他这才回忆起昨夜在饭店里的一些片段,至于讲了些什么话,他还真没有全记住。他只记得讲过两个黄段子,还讲过女校长。

他挣扎着出院，我妈拦不住他，给他弄了点药，嘱咐他按时吃药，并说：“经总，以后少喝点酒，免得酒精中毒，也免得嘴上缺少把门的，胡说八道。”

经总似有所悟，低着头，自言自语地说：“是是，以后少喝，以后少喝，喝多了伤自己，伤人……”

我妈望着他慢慢蹭出院子东倒西歪的背影，心中一阵反感：这种人是人吗？谁真是瞎了眼，用这种人开发经济，会开发出个啥模样。

因为老大的及时通风报信，很快地，刚刚出院的经总被女校长请进名誉校长室。在名誉校长室里，他被女校长骂了个狗血淋头。别看平日里女校长温文尔雅，到这关键时刻，她却是声色俱厉，两眼冒火，容不得对方有半点辩解。女校长连珠炮似的怒斥他：“告诉你，你别以为为我们学校造了礼堂立了功劳，人家老板白给钱的吗？你心里清楚，他圈走我们乡里多少土地，这些土地到时转让出去，赚的钱可以翻几番，你懂吗？你从中渔了多少利，你心里明白！我们也记着账呢。你埋汰我，你想干啥？小人之心度君子之腹，你还诬蔑人家派出所所长，你想干啥？派出所所长可不像你这种小人，人家堂堂正正，不就是和我一起在‘水上人家’吃了一顿便饭吗，犯得着你大做文章！”

经总垂头丧气，几次想辩解，却讲不出个所以然，只是支支吾吾，一个劲地狡辩：“我没有，我没有……”

“没有个屁！”女校长的食指尖几乎戳到了经总的鼻尖尖上，“你在大庭广众之下埋汰人，已经犯下了损害别人名誉罪，我可以告你的状，起诉你！我还有证据，起诉你受贿。你信不？”

经总吓坏了，他浑身冷汗直冒，怪自己太小看这女人了。他只得求饶：“我信，校长，我信。您放我一马，放我一马……”

女校长说：“告诉你，要不了两天，县公安局就会有人找你，让你为我和派出所所长乱搞男女关系找证据了。捉贼捉赃，捉奸捉双，我看你拿出什么证据来证明你酒桌上的屁话。”

经总惴惴地说：“不会吧，不会吧，那不是酒喝醉了讲讲笑话嘛，人家会当真？会弄到县公安局去？”

女校长说：“那你等着吧，等着人家来找你吧。”

经总说：“找我也不怕，不就是讲讲笑话嘛，哪有什么证据？”

女校长说：“行了，不跟你啰唆了，你再胡言乱语，看我怎么收拾你！”

经总小心翼翼地抬起屁股，准备告辞。女校长加重语气郑重其事地说：“经总，我跟你挑明了。你也是个场面上的人，我不为难你。只要你不继续害人，我保留你这块牌子。”女校长指了指门口那块“名誉校长室”的门牌，“如果你再害人，我先摘了你这块牌子，再告你两大罪状，我说到做到，你信吗？”

“我信，我信。我不会害您，也不会害所长。您高抬贵手，高抬贵手。”他点头哈腰，走到门口时，露出一丝苦笑，用手指头点了点头顶上方的牌子，低声哀求，“校长，这牌子在我心中的分量很重，求求您，别摘，给我留着，留着吧。”

不出女校长所料，状告我爹的“证明材料”在经总胡言乱语之后的第三天便出现在公安局政工科科长的办公桌上。不用多加猜测，这件事又是“坏胚子”们干的。“证明材料”自然抬出了经总，因为“他是最知道底细的人”。

“证明材料”在公安局领导层又掀起一次波澜。

公安局党委书记指令政工科科长亲自带领两名政工干部，尽快找到这位“最知道底细的人”，调查我爹和女校长的所谓绯闻。看看是真有其事还是飞短流长、恶意诽谤。如果真有其事，那说明我爹劣性不改处分难免；如果没有确凿证据，只是流言蜚语，那就不用扩大调查范围，尽快收兵。

调查结果，大出局里所料，确实是这位总经理大人酒足饭饱之后无所事事，闷得慌，抖搂几个黄段子，逗逗大家，仅此而已。看来既不是恶意诽谤，也更没有确凿证据。调查就此不了了之。

来人临离去之前提醒经总：男女私情是个敏感话题，今后不可当儿戏。此事如弄出好歹，你要负全部责任。好在现在男女当事人不知此情，如以后找你算账，你吃不了也得兜着走。

经总心想，说什么兜着走，再弄下去我得被她弄进班房里去也说不定。这女人真是辣手辣脚，惹不得。

从此以后，经总言行谨慎了许多，这真得感谢人家女校长。当然女校长也没有去告发他，他还是当他的开发公司总经理。

我爹也没有受什么处分，继续当他的派出所所长。

荏苒冬春谢，寒暑忽流易。时光渐渐地过去。

经过几桩事情的磨砺，我爹我妈的爱情经受住了考验。人们常说的“七年之痒”都痒过去了。他们既有爱情又有亲情。从这个意义说，“坏坯子”们的举动锤炼了我爹和我妈，也锤炼了所有的基层干部和平头百姓。

这些日子，我爹和我妈一直在探讨一个问题：不当这个派出所所长，不当这个民警行吗？要是在以前，答案一定是否定的。但是，现在呢？不一定是否定的。我爹我妈讨论了一段时间，得不出结论。他们在思索，在观望。形势变化太快，他们的思想跟不上。报纸上曾经说：孙悟空能变，只不过七十二变，我们现在的变化却是一日千里，天天变、月月变，永远变不完。确实，你看，这个高楼建起来了；你看，那个大厦又建起来了。可是，人民的生活没有什么变。种田人穿了几十年的开了花的老棉袄还套在身上，揭不开锅的日子还时不时地缠住他们。

现在，形势为人们开启了一道希望的曙光。振奋人心的消息一次次传来，人们吃饱了，穿暖了，手中有钱了，日子过舒坦了，其中一部分人富起来了。

更让人精神上为之一振的是，一些像我爹一样捧着铁饭碗的人，他们扔掉了手中的铁饭碗，去寻找更宽的路，那叫“下海”。

“我也想有自己的活法！”这是我爹心中的呐喊。

我妈一直唤我爹为“猪”，这是她对我爹的昵称。后来，知悉了他与女民兵班长的破事以后，又骂他“狗”，狗对主人很忠诚，但在外面撒野，到处找母狗寻欢。

我妈建议我爹找些人来讨论一下，扔掉手中铁饭碗是否划得来。毕竟，也没有谁强迫你辞去眼前的工作，完全是自主行为。

被邀请的人有我姑妈、我姑爹、我堂伯母、堂伯的大儿子老大、女校长，还有经总（他现在很听女校长的话，对我爹也十分友好，而且是个有经济头脑的人）。此外，还邀请了乡卫生院的院长和派出所两位民警。我堂伯也在受邀之列。他表示，不管你们最后怎么决定，他都表示支持。因为要参加一个重要会议，他就来不成了。究竟是否有重要会议，天晓得。反正他的表态等于没有表态，没有表态就是他的表态，他当领导的“艺术”就在这里吧。

家庭扩大会议开场，我爹言明了会议宗旨，请与会者多提宝贵建议。

我堂伯母抢先发言，她说：“派出所所长当得好好的，辞什么职呀！民警这碗饭，不是谁都可以吃的，许多人想抢都抢不来呢。”

老大说：“我妈说得对，警察服一穿，皮带一扎，手枪一插，警棍一拎，多神气呀。我做梦都想当警察，就是当不上。说我文化程度不够。我爹他不给我努力，尽扯歪理由，真是……”

我堂伯母瞪了一眼老大，说：“小子，尽扯没有边的东西，自己不好好读书，吃苦头了吧，怪谁去？瞧你叔，还有你婶，人家是老高中毕业生，有水平，派出所所长这位置还嫌低，还想往别处蹦，你小子蹦哪儿去，蹦来蹦去还在老娘我为你准备的饭桌边转悠。”

老大不服气，跟他妈掐起来：“妈，你倒是表扬我叔还是寒碜我叔呀？你寒碜我我认了，你寒碜我叔，可太没有知识了。”

我堂妈说：“寒碜是什么意思？你妈不懂，少跟我胡搞百叶结。”

老大说：“寒碜是北方话，是讥笑别人，往人身上扔脏物，让人下不了台的意思。校长她懂。你呀，我说什么好，对牛弹琴。”

“对牛弹琴”这词儿我堂伯母有点理解了：“小子，你妈一辈子做你们四个光头的老黄牛做定了，可你们也没有给我弹出好听的曲子来呀。我也没有寒碜兄弟呀，他是老高中吧，有水平吧。说心里话，我听说兄弟要辞去派出所所长这个职位，我心里就疼。他在身边，我有个靠头，虽说这官不大，但也威震一方，老百姓都高看他一眼。可你爹这货，阴不阴阳不阳的，什么一把手八把手的没有用。还是我兄弟叫得应，靠得着。他要是辞职不干，我着急呀！”

老大说：“妈，你别生气，绕来绕去，我们娘俩不绕在一起了吗？我讲的和你一个意思，我们在叔叔这棵大树底下好乘凉，要是没有了这棵大树，那我们等着六月天晒太阳吧。”

我堂伯母和老大你一言我一语引得众人阵阵哄笑。真的，其实他们的意见并没有什么不同，都不赞成我爹辞职，而且出发点都很一致，大可不必相互掐来掐去。

另一位反对派是我姑妈，她有点坐不住，也想讲几句。她说：“我听到这消息后，心里头不是滋味，好好的铁饭碗扔了，去干什么呢？不少人吵吵着‘下海’，海可是无边无际，海水深不可测，往哪儿去扑腾呀。我在这里不怕得罪你们俩，讲几句臭话，你们不要看到别人挣了大钱就得红眼病，钱这东西是重要，人说钱不是万能，但没钱万万不能。不过你们不缺钱花，两口子都是吃公家的粮，比一般人家强多了。兄弟，别折腾了。虽然说你的工作有时不顺心，有时还有委屈，姐懂你的心，你忍忍，形势会一天天好起来的……”

说着说着，我姑妈便哽咽得说不下去了。我堂伯母眼泪挂到了下巴底下。

女人们容易动感情，我妈、女校长，还有卫生院的那位女院长，三个人的眼睛全红了。男人们鼻子酸酸的。大家沉默着……

为了打破这尴尬的沉默，我姑爹干咳了几声，说：“这几天，我和我老婆在家讨论过几次，小舅子想辞了工作去开一家榨油厂。我岳父年轻时在榨油作坊里做过伙计，榨豆油、籽麻油他在行，但现在毕竟年纪大了，身体也不好，指点指点做个顾问啥的还可以，实际干活的主要依靠我小舅子，他聪明能干，但缺少经验。我老婆最担心的还有安全问题。有句老话，叫做‘撑船骑马三分命，榨油师傅只有一分命’。榨油是用压榨法从油料作物中获取油脂。老法榨油是用木楦，也称楔子嵌入夹板，用木槌敲击，填补空间，使夹板挤压油料作物获取油脂。长期使用的木楦已被油脂浸透，非常油滑，工人用木槌敲击木楦填补空间时，木楦随时有飞将出来的可能，其撞击力之强可想而知，如果是撞击到人的致命部位则必死无疑。老式的榨油方法不仅劳动强度大，且有较大危险性。现在用榨油机减轻了劳动强度，安全系数高，出油率高，产量也高。眼前市场食用油销路看好，从性价比各方面看，利润不低。如果撇开其他一切顾虑，又有足够资金支持，我个人看，这件事能行。当然，我老婆求稳的看法也有道理。我们的意见供你俩参考。”

看来，我姑爹平时少言寡语，但肚子里有货，他是个实诚人，难怪我姑妈对他言听计从。

如果说我堂伯母、我堂兄老大、我姑妈是反对派的话，我姑爹则是骑墙派。

接下来，该是支持派出场了。

经总说：“我先从我们乡目前的企业说起。目前我们乡有五家乡办企业，其中两家赚钱，两家亏本，一家拉平。总数还是亏的，但由于税收部门实施了扶持乡办企业政策，每年从税收额中返还一部分，大概二三十万元给我们乡办企业，因此，我们的日子总算还可以将就。如果没有税收返还这一块填补亏空，我们的日子就过不下去。我们乡办企业属于集体企业，国家不负责解决困难，如要投入资金购买设备以及推销产品，改善生产环境和提高福利待遇，等等，全凭工厂自己去折腾。乡办企业的主要贡献在于增加了部分农民的经济收入。如此看来，所长自己办厂，也可以达到以上目标。我出去考察过，外省市私人办厂的人很多，绝大多数能赢利，因为私人办厂管理严，漏洞少，钱用在刀口上，不像国营和集体企业那样大手大脚。说老实话，要是我们乡里那两家亏本企业盘给我私人干，我保证当年就可以叫它起死回生。”

女校长打断了经总的话，说：“好了吧，经总，你别吹了。要是政策允许乡里把亏本的企业转给你，你的资金在哪里呀？你有那么大经济实力把一家工厂买下来？”

经总忙说：“我口袋是空的，国家银行里有的是钱，贷款呀。贷款办厂，天经地义。赚了钱还贷，余下的钱扩大再生产，钱滚钱，利滚利，不发富都难。”

女校长说：“经总说的没有错，搞经济有搞经济的一个套路。所长想改行搞经济，本身并没有错。我们现在不是提出以经济建设为中心吗？围绕经济建设这条路做文章没有错。不过要想好了，下决心干，铁了心干，跌倒了爬起来再干。因为你一旦放弃了现在的位置，就永远别想再坐回去！现在的问题是，首先，要舍得放弃，有舍才有得。其次，你准备工作做了吗？启动资金有吗？厂房在哪里？设备在哪里？还有最最重要的是人在哪里？这些人不是阿猫阿狗都可以，许多关键的地方都要有技能，是行家。再次，基本的常规条例先要制定出来。所谓体制、机制、规章、制度都不可少。可以考虑从小规模开始做，比如开茶馆，给客人泡茶，你直接烧一壶水，等水开了再给客人泡呢，还是先烧半壶水，等水开了先泡一部分再继续烧呢？选择先烧半壶水既是一种应急的办法，也是一种智慧，更是一种经营之道。要学会舍取，在确定自己不能一时达到某种目标时，要适当放弃一些，学会放下一些东西，只有这样才能在很短的时间内完成任务，达到目的。最终会得到更多。所谓第一桶金便是这样挖来的……”

女校长滔滔不绝，讲的东西虽然比较概念化，但也很实际，听的人连连点头称是。

接着，我爹讲了自己办榨油厂的打算。他讲的内容和女校长的建议都合得上拍，说明我爹为了办厂做了不少功课，朝这条路上走不是开“无轨电车”。

卫生院女院长说：“开头我不了解所长想辞职办厂究竟是怎么回事，现在我明白了，一个人活在世界上有很多种活法。不要以为自己活得比别人都好，也不要以为自己活得都不如别人。生活，美好的生活要靠自己去创造。所长是一个追求美好生活的人。你不要以为他

堂堂小溪出前川：我爹准备“下海”了

是什么战线上的逃兵，你也不要以为他是金钱的狂热追求者，你更不要以为他是喜新厌旧的玩家。他是一个实实在在的男子汉，实实在在的创造者，也许他在自己选择的路上走得会很苦很艰难，但他最后会赢得成功。他这样的人是时代的弄潮儿。”

乡卫生院长的话赢得一片掌声。

派出所的两位民警也发了言，他俩都认为所长心胸开阔，看问题深刻，选道路长远，定目标精准，是他们学习的榜样。

卫生院长和两位民警的到来，是我爹我妈精心安排的。因为我爹离开现在的岗位，会引起不少人的非议。让他们帮助给人传传话，使我爹的辞职不会成为一种灰溜溜的行为，因为那时候在我们家乡不大会发生辞公职“下海”这样的事情，除非这个人犯了什么事才“逼上梁山”。

讨论会散场时，我堂伯家老大将我爹拉一边去，悄声说：“叔，你那个厂开张了能不能收下我干点事？”

我爹说：“我替你琢磨过，你现在就去学驾驶，学成后让你爹给你买一辆三轮卡，帮我厂里拉货，我给你开工资。”

老大说：“叔，你说话算数？”

我爹说：“当然，叔还骗你不成。不过，叔告诉你，三轮卡得你自己买，叔眼前缺钱，等赚到了钱，三轮卡的钱我还给你家。”

老大说：“好嘞，一言为定。”他小孩似的蹦跶了两下，搂着他妈的腰，“妈，有件大事得请示妈一下……”两个人说笑着朝外走去，我爹觉得，看样子这件事有戏，能成。

女校长落在后头最后离开，她拉着我妈的手，还在说着知心话。打从女校长制服了总经理之后，我妈对女校长更是高看了一眼，她觉得这女人不简单，可信。女校长从口袋里掏出一个小小的纸包，压在我妈手掌心里，说："这是一张银行存折，1万元钱，工厂开起来要一笔启动资金，我助你们一臂之力。"

我妈说："这不行，1万元可不是小数目，我们哪能要你的钱？"

女校长说："这是我工作以来攒下的，搁在手里用不着，你们急花钱，拿去用吧。"我妈一个劲推辞，女校长急了，说："就算借给你们，待你们赚了钱再还给我吧。"

我妈这才说："那写张借条吧。"

女校长说："写什么借条，你们祖祖辈辈不都在这个村里吗？还会跑了不成。"

两个女人你一言我一语，十分投机。

我爹送走客人返回家中，见女校长还在，我妈忙给他讲这1万元钱的事，三人又聊了一会儿。

女校长出门时，我妈多看了她一眼。这女人，三十好几的人，看上去只有二十刚出头，鲜嫩鲜嫩的。瞧，那扭动的腰，多么纤细，那翘起的屁股……我爹一双眼也盯着女校长的背影不放。我妈的右手在他眼前挥了挥，说："喂，猪啊，你看西洋镜呀。人家这1万元钱什么代价，足可以造三上三下一幢洋房。校长是冲着你来的，你可别真的昏了头，你的魂可别让她勾走了啊！"

我爹笑嘻嘻说："哪能呢？这钱总是要还的嘛。有你，我还胡想什么呀。"

我妈趁我爹不备，吮了他一口，说："这还差不多。"心里想："女人啊，可不像男人，当她喜欢上了谁，搭上性命也愿意。怪不得人们说，十个女人九个傻呢。也不对，现在的傻男人也越来越多了。"

女校长掏1万块钱的事弄得我妈胡思乱想了好一阵子。

我爹辞去了派出所所长职务，连警察的工作也一并辞了。

开弓没有回头箭，他撸起袖子，全身心扑到榨油厂上去了。

靠着自己原有的积蓄，在我姑妈那儿借了点钱，还有女校长的这1万元，工厂的启动资金绰绰有余。按计划，在小镇东头租了三间厂房，到省城一家炼油厂买下了他们淘汰下来的一台榨油机。这种榨油机是一种液压榨油机，它由榨膛、液压缸、液压泵、油箱、动力及传动装置等组成，物料饼坯放入榨膛，受液压缸作用挤出油脂。尽管设备部件比我爷爷那时的老式人工油坊要复杂，但其原理是一样的，都是用压榨法从油料作物中获取油脂。

为了生产全过程正常运作，我爹还从这个厂聘请了两位退休的工程师，其中一位是工艺工程师，负责生产流程；另一位是机械工程师，负责机械设备等的运转。两位工程师自己各自带来一名操作工人做助手。工厂生产的正常化便有了一定的保证。我姑爹负责原材料采购和成品油销售，相当于副厂长。其他管理工作，包括后勤保障等均由我爹亲自负责。

榨油机安装、试运转全过程，我爹都跟着学习，他虚心向工程师和操作工人请教，一心想当一位懂生产、会管理的厂长。

工厂只挂了一块写着厂名的小小的方牌子当作厂牌，也没有举行任何的投产仪式，第一桶油便悄悄地生产出来了。成品油送到省城的那家榨油厂化验室检验，完全合格。全厂上下欢欣鼓舞，当晚聚了一次餐。我爹兴奋得一夜没有合眼。

为了保证产品质量，我爹又从那家榨油厂请来了一位化验室检验员，带来了一套简易的化验装置和试剂之类的东西，用半天时间，我妈便学会了操作方法，成了一名兼职的产品检验员。遇到什么问题时，再电话里向那位正式的检验员请教。

在“尊重科学、务实低调、讲究质量、注重效益”十六字办厂理念的指引下，工厂源源不断地将产品销往各地。

两个月以后，我堂伯家老大开来了三轮卡，他成了一名有驾照的合格的汽车驾驶员，为厂里运送原材料和产品，那神气劲，不用提了。

那一年我在县城重点中学高一年级读书。

当年，从挂牌开厂到年底总共不到十个月，生产纯利润已经和所有投资拉平，这在县里企业的历史上是少有的。

第二年，全年的纯利润比头年翻了一番，我爹成功了。

那年春节里，我妈说起了一个我爹时刻放在心底却从没有敢提的话题，我妈说："现在我们手里有钱了，我想去一趟你当兵的那个榛子岛，看望一下救过你的拥军大妈。人活着为什么？不能只为自己。一想到这件事，我总感到亏欠人家大妈，也亏欠那位女民兵。猪啊，你不愧吗？"

我爹垂下头，心思很重的样子，说："愧，愧着呢，我还亏欠你。"

我妈说："那你为什么从来没有提起过？"

我爹说："我不敢让你伤心。我没有那个脸……"

我妈说："这件事十几年来一直搁在我心头，刺得我心疼。我知道，你比我更加揪心。我看得出来，你没有心思当派出所所长。派出所所长是干什么的？是保护一方老百姓平安的，你接触的大事小情都和道德、法律有关，你纠结在里头，憋闷得很，所以我支持你改行。"

我爹的眼泪滴滴答答地落在地下，在我妈面前他第一次掉泪，哭得像孩子似的。他将我妈紧紧地抱在怀里，眼泪打湿了我妈的肩头。他呜咽道："老婆，只有你懂我……"

两人相拥了很久很久。

春节里，我妈去县城购买了许多东西，为去榛子岛做准备。并且，和我姑妈约定，由她陪同我妈一起前往。厂里事多，我爹实在离不开。我妈让我爹下次再去。

春节过后，我妈向卫生院领导请了半个月的假，说是和我姑妈一起去外地旅游。

先搭飞机，再乘轮船，我妈和我姑妈顺利地登上了榛子岛码头。码头有拉客的小三轮，将她俩直接送到了一个叫牛尾巴的小村落，这里就是拥军大妈一家人居住的地方。

经人指点，我妈和我姑妈顺利地找到了拥军大妈家。拥军大妈家就住在靠海滩最近、后边是一座小山头的那一排平房里。平房好像有四间，和我爹先前描述的没有什么两样。海滩沙石上横卧两条破木船，伸向大海深处的远方隐隐约约地有几个人在晃动，正值退潮，大概是几个赶海的人。

一条碎石铺成的小路，直通拥军大妈的家。我妈和我姑妈拎着、背着旅行袋，磕磕碰碰地来到了拥军大妈的家门口。门槛上坐着一位中年男子，豁嘴，是拥军大妈的儿子。他神情有点木讷。

大妈儿子见来了人，便背靠住门框抖抖晃晃地站起身，口齿不清地问："你们找谁？"

我妈说："找拥军大妈，拥军大妈是住这儿吗？"

大妈儿子听说找他妈，脸上露出一丝羞涩，手指朝里屋方向指了一下。我妈和我姑妈向他点点头，跨过门槛径直向里屋走去。

里屋光线昏暗，炕上躺着一人，仔细看去，是一位满头白发的老太太，估摸该是拥军大妈。我妈急忙撂下手中和肩上的旅行袋，跨上几步，低声说："您是拥军大妈？"

老太太眯着眼，挣扎着想坐起身来，我妈赶忙拦住了她："大妈，您别动，躺着。大妈，我俩从南方来，来看望您老人家。”

老太太略感惊奇，这些时间以来，很少有人上门，更不要说从南方有人来看望她。她还是挣扎着坐起身来，我妈将她的枕头朝后挪了一下，让她靠枕头半躺着，这样会舒服一些。

老太太让我妈坐下，我妈坐在炕边沿，我姑妈则自己搬了条板凳，靠近处坐下。老太太说：“我是拥军大妈，前些年大家都这么叫我。这些年，我身体不好，没有出去帮部队做什么事，不好意思，你们还来看望我。你们在榛子岛当过兵？我好像没有印象，记不清楚，不好意思呀。”

我妈说：“我们没有当过兵，第一次来榛子岛。我男人在这里当过兵，那是十多年以前了。他在这里当兵时，多亏了您呀。”

大妈说：“十多年前，南方小伙子在这岛上当兵的不少，不知道你爱人叫什么名字呀。看我能不能记得。”拥军大妈一提起当兵的小伙子们，眼睛突然闪出了光亮。她接着说：“几年前我脑中风，刚好转，又患了胃癌。记忆力衰退多了。许多孩子的名字记不起来了，真不好意思。”她抬眼看了看挂在床头镶着黑边的镜框里的大照片，又絮絮说：“前年，老头走了，对我打击很大，我脑子更不好使了，真不好意思。”她每说完一句，都要说声“不好意思”。

我妈明白，大妈的儿子此时仍坐在门槛上，不便大声说话。她靠近大妈耳根，低声告诉她我爹的名字，大妈一下子兴奋起来，大声说：“呀，炮连的一班长，我记得，我怎么会忘呢？”我妈示意她说话小声一点，免得被她儿子听到。她呵呵笑着：“不碍事，不碍事，我儿子他明事理，不碍事。你爱人可是个好孩子，是个诚实的孩子。他挨过我的打狗棍，还记恨我吗？”

我妈说：“他不记恨您，感谢您都来不及，您救了他，他对您感恩戴德，这是我爱人他姐，我们全家人都感谢您，这次特地到岛上，当面向您和您全家赔礼道歉，谢罪，感谢您对他的挽救。”我妈和我姑妈两人同时跪倒在拥军大妈的炕前。

大妈一骨碌从炕上下了地，双手拉住一人一只胳膊，连声说：“起来，使不得；起来，使不得……”她拿起枕头毛巾，擦拭去挂在我妈脸颊上的眼泪，说，“孩子，毛巾脏了，不好意思。”

我妈和我姑妈忙从地下站起，扶着大妈上了炕。大妈说：“不碍事，我病得不轻，可身子骨还行。我这一辈子能吃苦，没有那么金贵。”她喘着粗气终于上了炕。她放大声音叫唤儿子，让儿子把媳妇和孩子们叫回家来，就说家中来贵客了。

趁这当口，我妈和我姑妈向大妈打听了海岛和她家中的一些情况。

十多年前，大陆上不太平的时候，榛子岛并不太乱，因为这儿离大陆很远，驻军较多，其任务是保卫国家安全，不允许这里生乱。现在，榛子岛反而不平静了。岛上困难户较多，原因是渔民出海捕鱼时翻沉了几艘机帆船，青壮劳力死亡不少。那些年凡死了人的家庭都由捕捞队集体出资金供养，老弱病残者生活和其他人差不多，过得还可以。现在捕捞队解散了，凡有青壮年渔民的家庭自行组建打鱼作业组，这些渔民家庭日子过富裕了。缺少或没有青壮年渔民的家庭生活就成了问题。牛尾巴村有好几家都是这样的情况。

拥军大妈家情况特殊，儿子是个残疾人，过去跟着捕捞队出海打打下手，现在没有人家要他出海去，只能待在家里吃闲饭。过去大妈和老伴跟大家一起种梯田，紧巴巴可以填饱肚子。现在老伴走了，大妈病了，儿子残疾，小孙女和小孙子还小，没有人出海捕鱼，全靠儿媳妇一个人种三亩梯田，种些山芋、苞米什么的，全家人的口粮都不够。

集市上粮食有，但没有钱买。蔬菜靠自己种，鸡、羊自己养，可以将就吃一些。但一年四季的衣服，其他各种家用物品就没有钱买了。拥军大妈家中真是家徒四壁，空空如也。家里连一个手电筒也没有。

“穷啊，穷得叮当响；苦啊，大人小孩都苦，最苦是我儿媳妇。”大妈没有眼泪，眼泪都已流干了。春节前几天，乡里、村里干部送来200元救济款，大妈就差没有给干部下跪了，心里感激呀！

大妈说：“我相信，这总是暂时的，以后政策会好起来的。国家要花钱的地方太多，我们自己不争气……”

多么好的大妈呀！我妈心里头又一阵难过。

这时候，儿子带着媳妇和一双儿女回家了。原来儿媳妇带着儿女去赶海了。

站在我妈和我姑妈面前的妇女脸孔和双手冻成了紫红色，明明是三十多岁的年纪看上去快五十的样子。两个孩子缩在他们妈妈的身后，同样小脸冻得发紫。穿在身上的棉袄显然很不合身，袖口且开了花。我妈和我姑妈都难以想象，当年我爹怎么会和眼前的这位妇女，在这遥远的海岛上曾经发生过那样的事。

我妈她俩的到来是突然的，大妈儿媳妇自然不知道。当她婆婆告诉她我妈是当年一班长的媳妇，我姑妈是一班长的姐姐的时候，她大惊失色，一个箭步冲到婆婆跟前，趴在婆婆胸前呜咽起来。

我妈见状，马上拉着我姑妈到外间，好让她们婆媳俩单独说一说话。我妈走出里间房屋时，随手将房门轻轻带上。

趁着婆媳说话的时候，我妈和大妈的孙女聊了一会儿。

大妈的孙女那一年16岁，在岛上一所初中读三年级。16岁花季，长得像她妈。从她身上，能看到她妈当年的风采。由于缺乏营养，小孙女显得有些消瘦。常年海风侵袭，白皙的皮肤泛出一丝菊黄色。

我妈说："你叫什么名字？"

大妈的孙女笑笑说："和这个岛的名字一样，叫榛子。"

我妈说："这名字好听，榛子。"

她弟弟才八岁，在读小学一年级。他怕生人，不敢与大人说话，只是用两只骨碌碌的大眼睛盯着我妈看。大概他在想，哪儿跑来这两个陌生女人。

里间的门轻轻开了，大妈儿媳妇招呼我妈和我姑妈进屋去。坐定以后，大妈说："不好意思，两位妹子对不起啦，我儿媳妇误解你们了，她以为你们来寒碜她的。"

我妈忙说："妹子，我俩来感谢你妈和你们全家的，是来向你们道歉的。"

大妈儿媳妇说："我妈告诉我了，两位姐姐，我明白了。"

我妈和我姑妈将带来的旅行袋统统打开，从里面取出带来的羽绒服，三个大人每人一件。还有一件本来给大伯的，大伯走了，就给了大妈儿子。另外给大妈儿媳妇多买了一件红色的羽绒大衣。

我妈说："我是根据我爱人比画的长短胖瘦买的，尺寸稍放大一点，估计差不多，现在就试试。"

两件男式的羽绒服由我姑妈捧着送到在外间坐着的大妈儿子手中，说："兄弟，试着穿穿看。"大妈儿子笑嘻嘻接过衣服，两排牙齿全露在外面，乍一看真有点不习惯。

大妈的羽绒服是深蓝色的，正合身。她儿媳妇的羽绒服是天蓝色的，胖瘦长短正好。两人十分满意。大妈儿媳妇脱下羽绒服，换上红色的羽绒大衣，让人眼睛一亮。她转了两下身子，让大家看个分明。大妈笑道："很漂亮，我女儿从来没有穿过这么耀眼的衣服。"

我妈知道，大妈儿媳妇本是她的养女，两重身份，互相之间感情深着呢。

房间里传出了少有的欢笑声。

这时，大妈儿子也穿上了那件咖啡色的羽绒服走进母亲的房间，人显得神气多了。他伸出两个手指头，笑嘻嘻地：“两件、两件……”

大妈笑笑说：“那一件是你老子的，现在他用不到了，给你了。”

大人们都有了，两个孩子落了空，未免有点失落。我妈对榛子说：“不知道姐弟俩衣服尺码，所以没有买。明天你俩让你妈带到服装店去，想买什么样的衣服自己挑。我们一定要把榛子和她弟打扮得漂漂亮亮的。”我妈从旅行袋里取出几包糖果和糕点，说：“这些是给你们的。”姐弟俩高兴得跳起来。

姐弟俩将糖果、糕点摆放到外间饭桌上，和自己爹一起挑选喜欢的东西吃。

我妈这时和我姑妈两人悄声商量了一件事，她想帮大妈家做件实实在在的好事，征求一下我姑妈的意见，得到我姑妈赞同以后，我妈将想法提出来，和大妈娘俩商量，说：“大妈，我和两位商量一件事，不知道两位意见怎样？”

大妈说：“你们有什么想法，尽管说。”

我妈说：“是这样的，您家目前生活比较艰难，相比之下我们那里条件好一些。我想让榛子跟我一起到南方去，我设法找一所学校让她在我们那读几年书，毕业以后给她找一个比较好的工作，赚了钱帮你们家里度过以后的困难日子。我这想法不知你们能否同意？”

我妈的提议本是临时起意，对大妈母女俩来讲有些唐突，她俩一下子不知如何回答。我妈见她俩很尴尬，不便让她俩马上表态，就自己给自己打了圆场，说：“大妈，这想法也是我刚想起来的，请两位这两天商量一下，还得征求一下孩子和孩子她爹的意见。反正我们后天才走，同不同意由你们自己定。榛子永远是你们的，不是我领养，我家有儿子和女儿，不缺孩子，我想帮你们把孩子培养出来。大妈孙子还小，离不开他妈，等长大一点，我再来帮衬。”

听了我妈的补充说明，大妈心宽了许多，从她内心来说，是相信我妈的话的，但这毕竟是件大事。她表示：“妹子，先谢谢你了，给你添麻烦。我们再合计合计。”

太阳西斜，时候不早了。我妈和我姑妈便离开了大妈家，准备到岛上的一家旅馆去歇息。大妈儿媳妇怕她俩不认路，一路上带着她俩，直送到小旅馆里。从大妈家走到旅馆约半小时，不算太远。

进了房间，我妈留她稍坐片刻，三个人又唠了一会嗑。

大妈儿媳妇是个实诚人，年轻时是个活泼的姑娘，十几年风风雨雨，磨掉了棱棱角角，变成了一个言语不多的人。看得出，她关心的还是我爹。我妈将我爹的近况告诉了她，她特欣慰。她是一个希望自己心仪的人过得比自己好的人。

她主动谈起了榛子去南方读书的事。她表示很愿意让榛子跟我妈去南方。她说岛上也有一些年轻人到南方去打工的。榛子交由两位姐姐管着，她放心。而且，榛子是去南方读书，不是打工，她更放心了。她还说，一班长是个好人，是个能干的人，有他替榛子张罗，没有不放心的。她愿意跟婆婆和她男人商量这件事，估计他娘俩也会答应。只是烦劳两位姐姐，很过意不去。

我妈说：“榛子个人的意见很重要，不知她怎么想？”

大妈儿媳妇说：“榛子她巴不得呢。前些日子跟我说，谁谁家小姑娘到南方打工去，她也想去，我没有答应，她还太小。”

三个人谈得十分投机，还谈了一些生活上的琐事。大妈儿媳妇告辞时，我妈嘱她明天上午一起带两个孩子到小镇上买衣服去，后天再去向大妈告个别。如果榛子能一起走则更好。

大妈儿媳妇也不见外,爽快地答应了。

第二天,我妈给榛子姐弟俩买衣服的时候,榛子显得特兴奋,她悄悄告诉我妈,去南方读书的事,她奶奶和她爹妈都同意了,她很想跟我妈到南方去。

第二天上午,太阳升起两篙子高时,我妈和我姑妈便到了大妈家,准备和她全家告别,因为午饭后有班船去陆地上,要赶上这班船。

大妈这天也起了炕,坐在外间,精神比前天好了许多。一家人都很高兴。榛子已做了准备,装了一个蛇皮袋的随身用品,我妈将蛇皮袋放进空着的旅行包里,带起来方便多了。

临别时,我妈给大妈留下了2万元钱,大妈和她儿媳妇一个劲推辞。我妈说:"大妈,这是我和爱人的一点点心意,你们先将就着用。你们对我爱人的好,用金钱是买不到的。等榛子出息了,我再来看你们。"

大妈家千恩万谢,让我妈和我姑妈很不好意思。我妈讲了句笑话,说:"我用这2万元钱领走了榛子这闺女,你们吃了亏呢。"

我妈的话引得大家笑了起来。大妈终于收下了2万元钱。这些钱,足可以让全家对付两三年生活。我妈也就放心了。

临别时,榛子和奶奶抱在一起哭得很伤心。她知道,奶奶病得那么重,也许等不及看到自己出息的那一天了。

拥军大妈收下了我妈的2万元，满心感谢

第五章
阳光总在风雨后　皇天不负厚道人

回到老家以后，我爹将榛子送进县城初级中学读三年级下学期。初中毕业后，榛子又进了省城财经学校读书，读的是财会专业。

那一年，我读高中二年级。

榛子是个非常懂事的孩子。俗话说，穷人的孩子早当家，这话一点也不错。榛子到省城读书以后，和我一样住读在学校。每星期六，我俩约好在长途汽车站等候，然后一起乘长途公交车回家。我们全家人都叫她榛子，连我妹妹也这么称呼她。她称呼我们全家特讲究，一声声的“哥哥”叫得很亲热，弄得我很不好意思的。称呼我妹妹，也是一口一个“妹妹”的，我妹妹这丫头不懂事，连姐姐也不肯叫，老是直呼其名“榛子”。后来，在我妈多次纠正之下，我妹妹才开始改口称呼榛子为“姐姐”了。

榛子回到我们家，总会自己找事干。扫院子、抹桌椅板凳、抹窗户玻璃样样干。每次回来，总要帮我和妹妹洗一次衣服。习惯了，我总在周六将前两天的脏衣服带回家。每次回家她都会为我妈或我爷爷下厨房打下手，吃饭她总是跟我妈一起最后上桌，这些习惯是她在老家时养成的，做起来很自然，一点也不做作。她吃东西不挑不拣，别人爱吃的东西大多让给别人吃，自己拣些别人不太喜欢的东西吃。大家吃完饭，她总是抢着洗碗筷。我长这么大，从来没有干过这些事，我妈也没有要我做这些事。对于榛子的这些优点，我那时候没有太在乎，以后随着年龄增大，我渐渐感到榛子不仅外表美，内心也那么美。无怪乎我妈常在我爹耳边叨叨："猪啊，要是谁家小子讨了榛子做老婆，可是前世修得来的。"

我爹也表示赞同我妈的意见。可我妈从没有当我面这么说，我估摸她怕我胡思乱想，影响学习。

星期六的晚上，当我和妹妹早就进入梦乡的时候，榛子还独自在灯光下看书写作业，我妈一次次催她休息，她总会说："大妈，没有事，我习惯晚上自习，不困。"有一次我爹去省城办事时，去过榛子读书的学校，了解一下榛子的情况。班主任告诉我爸，榛子是个品学兼优的好学生，前些时候，全班人选她当班长，她推辞不干，班主任做她思想工作，她说自己能力不强，当不好班长，怕误了班上的事。好说歹说，只答应当了副班长，做个助手，可她做事比班长好多了。

每个星期天下午2点多钟，便是我和榛子离家去省城的时间。我妈为我俩准备了吃的用的东西，分成两包，一人一包，各自装在帆布包里。这时，榛子总会从我妈手中接过我的帆布包，一起背在肩上。这时我妈会不由分说，将两个包夺过来架在我肩上，说："你主动点好吗？你背着，男子汉不背，让小姑娘背，好意思？"

我自感不妥，忙说："榛子你别抢，我背，要不我妈要光火了。"

我妈从口袋里掏出两个纸包，里面装着零花钱，一人一包塞给我俩。我来者不拒，但榛子一再推辞，说自己上个星期的零花钱还没有花完，怎么也不肯收下。我妈恼了，她才勉强收下。

刚出村子，她将零花钱塞进我口袋里，说："哥，你们男人花钱的地方多,给你花去。”

我坚决不收,还给了她,俏皮地说:“男子汉不能花你的钱,这是我妈的命令。”

榛子咯咯笑出了声,我也感到高兴。

这就是榛子岛来的榛子,一位懂事的、让人喜欢的小姑娘。她不是我们家的人,却是我和妹妹的好榜样。

再说说我爹办厂的事。

我爹的榨油厂办得相当成功,不仅在县里,而且在省里也小有名气。代理商、大一点的企事业单位的食堂、饭馆都慕名而来,订单不少。连油脂公司也来签约。产品大有供不应求之势。利润也随之上去,工厂添置了一些设备,生产条件得以改善,产量和质量都有了保证。我爹计划另租空地,筹建新厂,更新机械设备,大干一场。

投入资金以后,不久新厂房建成了,新榨油机运来了,正在这时,天有不测风云,一张法院的传票送到了我爹面前。有单位状告我爹,工厂弄虚作假,用地沟油冒充豆油,赚取暴利不说,地沟油有毒,还会残害百姓健康。

真是晴天霹雳,我爹又一次完完全全蒙了。地沟油是不法分子从饭馆、食堂的下水道里掏取的污油,俗称“泔脚”,经过提炼以后,其油脂可以当作工业用油,但绝对不可作为食用油使用。我爹工厂的食用油里怎么会混进地沟油呢,我爹百思不得其解。那些年,油脂检验不够严格,确有一些不法商贩将地沟油推销给马路油炸小店,或者推销给一些没有营业执照的小饭馆,双方谋取暴利。政府部门也捣毁了一些地沟油制作窝点,处罚了一些不法分子和中间商以及使用地沟油的小店经营者,但像我爹这样由工商管理部门批准的正规榨油厂弄虚作假,大批量地销售地沟油的违法犯罪行为还从没有过。

检察机关经过调查取证证实，由我爹工厂向某几个单位销售的近三百桶食用油确系地沟油，价值1.2万元左右，影响极坏。因此，几个受害单位共同起诉，状告我爹违法犯罪。

为了弄清缘由，我爹首先找到了负责送油的我堂伯儿子老大，询问他地沟油的情况。老大知道闯下了大祸，只得老实向我爹交代。原来这小子有赌博的嗜好，欠了一屁股债。债主向他讨债，他还不出来。有人出主意，让老大帮他们销售三百桶食用油就算两清。为了还清赌债，他从厂里偷走了三百多张商标，交给了债主，还帮忙将贴着我爹榨油厂商标的地沟油送到订购单位，他压根也没有往地沟油上去想。

我爹问："那伙人是些什么人？"

老大说："上个月，有人说赌场里来了几个外地赌鬼，水平不怎么样，我想去碰碰运气。谁知道我运气这么差，输了许多，还欠了一屁股债。"

我爹说："你认识他们吗？找得到他们吗？"

老大说："不认识，也找不到。他们拿了钱就不见影了。他们还说，要是我将他们告发出去，会杀了我们全家。看来，他们是黑道上的人。我真怕他们会……"

一切弄明白以后，我爹告诉老大："这些情况对谁都不许说，公家有人来找你调查，你就一口咬定，货是叔让你送的，你什么也不知道。就这句话，多一个字也不行，一切都由叔顶着，罚款坐牢都由叔顶，跟你不搭界。"

我爹最后再叮嘱他："老大，以后再不能赌，好好工作。叔不管怎么样，任谁问都是这一句话。婶那儿不能说，你父母那儿也不能说，这是我俩的约定，一辈子都不能说，让它烂在肚子里。否则会惹来杀身大祸。记住！千万记住！”

老大含着泪，跪在我爹面前：“叔，我记住了。我们家一辈子也还不清欠叔叔家的债！”

我爹将老大扶起，说：“老大，不能这么说。你年轻，来日方长，说不定你以后会帮叔办大事情。”

一切的一切，我爹一个人揽了下来。

法院判决，工厂罚款20万元，我爹判刑三年。那一年我读大学一年级。

我爹坐牢期间，工厂法人由我姑爹担任。工厂并没有倒闭，只是经费短缺，发展难度加大。尤其是名声搞坏，销售均受影响，三年基本没有利润可言，在我姑爹苦心经营下，一直支撑到我爹从牢房里走出来。

当然，在我爹坐牢期间，许多人去探望他，鼓励他还有腾飞的希望，给了他很大的鼓舞。这期间还发生了许多故事，在这儿就都不说了。

我爹刑满那一年，我从农学院毕业。根据我爹的愿望，我读的是食品专业，与油料制作有密切的关系。

我爹跨出牢狱大门的时候，我、榛子、我妹妹在门口接他。他基本上还是老样子，比以前稍稍瘦了一些。他和我们一一拥抱。大家很高兴，没有人流眼泪。这是临出发前我妈叮嘱的，她不让我们流泪，她说，不就是三年嘛，很快就出来了嘛。自己做了违法犯罪的事，就该自己承担，不冤枉，哭什么。现在出来了，应当高兴。我妈这个人，在大问题上脑子总那么清楚。但是，她哪儿知道，我爹这三年牢是替自己堂侄坐的，只是他心甘情愿罢了。

我们是坐堂伯的小轿车来的，车子是老大开的。老大在车上等我们，当我们走近小轿车时，老大箭似的冲了下来，他抱住我爹哇哇大哭，把我们吓了一跳。

我爹拍拍他的肩，笑着说："不哭不哭，老大，我不是好好的吗？叔很好，没有事。听说你表现很好，我特高兴。"

老大没有讲一句话，哭成了一个泪人。这是我从来没有见到过的，在我印象里，老大是个硬汉。我听姑爹说，自从我爹进去以后，老大像变了个人似的。他野马似的性格不见了，特别听话，工作非常认真，话也不像以前那么多，酒也很少喝。要评劳模的话，老大可以算一个。他爹妈见儿子这样争气，打从心眼里高兴。这次他提出要去接我爹，我堂伯主动提出将他的车开了去。兄弟三个人当中，老大本是爹妈最操心的儿子，现在是浪子回头金不换，做父母的心里哪有不开心的。

回家以后，我们全家人高高兴兴吃了一顿团圆饭。

我妈和榛子，还是那样为大家吃喝忙碌着。还有我妹妹，比以前懂事多了。她刚从省舞蹈学校毕业，据她说很可能分配到北方某部队的歌舞团工作，通知还没有下来，可能快了。榛子在县农业银行当会计，工作蛮顺心。她最伤心的是奶奶走早了，没有看见她有出息的这一天。

我爹问我准备干什么？我说，那儿也不去，就跟爹一起干。他听了特别高兴。四年前他就是这么希望我的。

当天晚上，我兴奋得一夜没有睡好觉。我心中琢磨着和爹一起重整旗鼓，将榨油厂重新搞起来。我要用我学到的东西为爹出一把力。

还有一件我藏在心里的事，那就是我偷偷地爱上了榛子，但不知她怎么想。

我爹我妈也一夜没有合眼。他俩像新婚夫妇一样耳鬓厮磨，亲热了很久很久。当静下心来时，两人又开始窃窃私语，讲不完的知心话。

我妈讲到了儿女的事，说："你没有看出来吗，儿子跟榛子好着呢！"

我爹说："榛子这孩子不错，你说呢？"

我妈说："这还用你说，百里挑一。只是有一件事我一直放心不下。"

我爹说："什么事放心不下？"

我妈说："说了你不要不开心，猪，你答应？"

我爹说："有什么不开心的？你说，不会不开心。"

我妈说："这榛子呀，我越琢磨越像是你的种。"

我爹说："别胡说，我跟她妈没有上过床，哪会是我的种？"

我妈说："榛子她爹是残疾人，脑子又不好使，怎么会生出这么一个聪明乖巧的姑娘呢？"

我爹说："这个你不知道，榛子她爹之所以残疾，那是拥军大妈怀他时得了病吃了不该吃的药造成的，跟下一代没有关系。"

我妈说："回头我再去翻翻这方面的医书，看看人家专家怎么说的。"

我爹说："专家怎么说我管不了，反正不是我的种，你把心放肚子里去。要是我的种，让他俩处在一起，不是害我们全家吗？"

我妈说："你不是说过，当时你踩了'刹车'，可尽管这样，你还是将那黏糊糊的东西弄到她妈大腿根上了吗？反正我不放心。猪，你说呢？"

我爹说："亏你还记得这些，这跟怀孕有关系吗？"

我妈说："这说不好，兴许她不小心将那糊糊弄进去了呢。"

我爹说："哟，你太有想象力了。你左右不放心，那就做个DNA

检验一下嘛。”

我妈说:“你同意?”

我爹毫不迟疑地说:“同意。”

言语间,我爹一本正经地捋起袖子,让我妈拿针筒来抽血。我妈一看这架势,说:“知道啦,跟你开个玩笑!”

自从我爹到厂里上班以后,工厂的面貌就开始改变。不到半年时间,工厂便开始赢利赚钱,老客户们恢复了对工厂的信任,新客户不断增加,趋势向好里发展。方方面面对我爹的负面看法逐渐淡化,外界舆论隐隐约约传说我爹不是欺诈百姓的那种人,地沟油事件是被人害的,详细情节都说不清楚,只有我爹知道,别人也不去问,连我妈也问不出个子丑寅卯。我见过老大哭得那么伤心,估摸此事与老大有关。我也不去问我爹,一门心思协助我爹办厂。由于我在大学里学过植物油脂制作的各种原理,通过榨油厂的实践,很快掌握了机械和工艺的操作流程,技术水平突飞猛进,连老工程师也对我刮目相看。他们也一心想培养我,我虚心向他们学习,做他们的徒弟。老工程师还推荐我到国家级的油脂研究中心去学习深造,没有多久,我似乎真成了年轻的植物油油脂专家。

有一次,我和榛子在一起聊天,忽然想起一个问题,我说:“榛子,你居住的岛叫榛子岛吧?”

榛子说:“是呀,叫榛子岛。怎么啦?”

“榛子岛上有榛子树吗?”

“漫山遍野都是。”

“你知道榛子的果实可以榨油吗?”

“听我奶奶说，三年困难时期，渔民们用榛子果实榨过油，用榛子油炸鱼吃，味道蛮香的。”

“你们附近的岛上长榛子树吗？”

“听说也有。”

“什么时候你回老家探亲，我跟你一起去榛子岛，行吗？”

“只要大伯大妈同意你去，我还有啥不乐意的。”

“考察一下榛子岛上的榛子树，看看能不能在岛上开一爿榨油厂，我爹妈会同意的。”

“那可不见得，你没有发觉，大妈对我俩看得挺紧的。晚上你到我房里聊天，她就紧跟着进来了。好像大妈不想让我俩太亲近。去榛子岛这件事你得先问你妈。”

无巧不成书，榛子最后讲的话让我妈路过时听到了，我妈走进来，笑嘻嘻地说：“谁对你俩看得挺紧呀？”

我吃了一惊，喊了声“妈”，说：“你怎么偷听人家谈话？”

榛子低下头，不敢正视我妈的脸，轻轻唤了一声“大妈”，满脸绯红，不敢作声。

我妈说：“榛子，你坐下。大妈同意你们一起去榛子岛。不是大妈不同意，大妈是怕榛子不同意。”

榛子轻声说：“大妈，我同意。哥是去岛上考察榛子是否可以榨油，他想在岛上开一爿榨油厂，我能不同意吗。”

我妈说：“噢，还有这一节，我想岔了。办厂这事只要他爹同意，我没意见。”我妈端详了一下榛子，见她仍低着头羞答答地，琢磨着她心中还想着与我相好的那档子事。我妈想，这次要挑明了才行，否则两个人到岛上走一遭，回来一点声响都没有，这算什么呀。我妈对榛子说：“榛子，大妈想让你跟你哥好，你同意吗？大妈不勉强你，你照实说，心里怎么想就怎么说。大妈不怪你。”

榛子想不到我妈那么直通通把问题全捅出来，揭开了她多年的一桩心事，不由得心儿嘣嘣乱跳，脸颊烧得发烫。她点点头，抬眼望了我妈一眼，慢慢地伸出手来，拉住了我的右手，羞涩地说：“哥，我跟着你，跟着你。”

我轻轻将她身子拉过来，靠在我的身上，我感觉到，榛子的身子在微微颤抖。

我妈高兴地说：“榛子，你写封信给你爹妈，征求一下他们的意见，如同意，我想在你和哥去榛子岛之前搞一个订婚仪式，让大家都知道这件事，免得有些人嚼舌根。”

榛子说：“不用再征求我爹妈意见了，前些日子我回家时已和我爹妈说过，他们都同意。他们说让我自己做主。”

“那再好也没有了，就这么办。”我妈将脸转向我，说，“小子，你满意了吧？”

我俏皮地说：“母亲大人，儿子万分满意，我和榛子从心底里感谢您。”

经过张罗，我和榛子的订婚仪式进行得非常顺利。

我们选定了起程日期。正巧，我妹妹分配到北方某部队文工团工作的通知也送来了，根据报到日期，我妹妹和我们搭乘同一个航班，一起飞往北方。下机以后，我俩和妹妹各自去自己的目的地。

我第一次来到这美丽的榛子岛，榛树林盖满了这里的几座山头。橘黄色的树叶衬托着海岛美丽的秋日景色。我俩手拉着手，踩着小道上的榛子树落叶，爬上一个并不太陡的山坡，来到山顶，眼前远方是波涛汹涌的大海。榛子岛的美景令人神往，我深深吸了一口略带盐涩味的海风，深感惬意。

二十多年前，我爹在这儿当兵时，曾经和拥军大妈以及她的儿媳妇之间有过一段往事。如今，我也想不到会有机会和榛子徜徉在这条林间小道，这正是当年我爹和榛子她妈时常偷偷私会的地方。

榛子忽然停住了脚步，侧身向左前方望了多时，我问她那里有什么，她笑笑说："没有，没有什么。"

后来我才明白，她是在看小道前方那废弃的观测哨。她妈妈曾向她坦陈过年轻时候和我爹相处的时光。

我成了榛子家的贵客，榛子爹妈和弟弟都非常热情地接待我。由于榛子每个月都寄钱回家，家中的生活状况有了很大的改善。据榛子妈说，现在榛子家已成为岛上中等富裕的人家。这全是榛子的功劳。

我和榛子几乎走遍了岛上的榛子林，我发现这里具备建榨油厂的条件。如果附近其他岛上也有榛子林的话，榨油的原料供应不成问题。我计划明年上半年先建起一爿小型榨油厂，下半年榛子果实成熟时收购，年底前出油，如能获得成功，再在后年扩大生产规模。

我在榛子岛上度过了快乐的一个星期，榛子爹妈对我这位准女婿的认可，更增添了我想为改变海岛面貌出一把力的信心。

榛子弟弟读完初中以后没有继续念书，待在家中没有事干。岛上男人都以渔业为主，她弟弟尚未成年，捕鱼这一行他也不怎么感兴趣，并且榛子妈认为捕鱼很危险，不舍得他去干这一行。小家伙跃跃欲试，想跟我们一起到南方打工。我认为16岁打工年纪太小，打工的活都是累活，不适合他干。我建议他在家再待一年半载，等我明年上岛建厂时安排一件合适的工作给他做。另外，他爹妈身边也需要有个人照应。榛子妈觉得我想得挺周到，很是高兴。

回到南方的家，我把自己去榛子岛办榨油厂的想法告诉了我爹，我爹很赞成。我和两位老工程师商量，他们也认为可行。用不同的原料榨油原理虽然相同，但机械和工艺技术是不一样的。老工程师们给我出谋划策，我也翻阅了许多有关资料，看了国内外油脂行业的不少书籍和图纸，决定选用目前榨油技术中比较前沿的机械设备和工艺流程，争取一次性成功。

有了相当把握以后，我写信给榛子妈，让她和儿子发动一些村民在秋季榛子坚果（即种子）成熟以后进行收集，待明年我建厂后收购，可以当作投入试生产的原料。如果成功的话，明年秋季可以大量收购坚果，以保证原料及时供应。

新年到来前夕，从北方某部队传来我妹妹的消息，说是她所在的歌舞团在新春里要去海岛慰问演出，慰问驻岛部队官兵和岛上居民。那儿一大片海洋上有许多岛屿，从演出的安排表上看到，有去榛子岛演出的任务。我妹妹从小活泼可爱，喜爱舞蹈。经过舞蹈学校三年专业学习，基本功比较扎实。18岁的丫头，个子一米七二，身材修长，双腿弹跳力很强，从小练习软功，翻跟头、一字马是拿手好戏。瓜子脸，柳叶眉，长得眉清目秀，煞是可人，是一块表演舞蹈的料。能去自己爹曾经当过兵的海岛演出，我妹妹特别开心，为此她还专门排练了独舞的节目。小丫头看来真是出息了。

一开春，榨油厂筹建小组由我带队，开赴榛子岛。因为我事先已与牛尾巴村领导通过气，他们热情欢迎我们开发海岛。工作进展十分顺利。从破土建厂房到机械设备安装完成，仅用了半年时间。十月份试运转，一次性成功。投放原料饼以后进行试生产，榛子油产量正常，质量合格，为往后的批量生产打下了良好基础。经过成本核算，利润形势看好。

就这样，我们家有了两爿榨油厂。南方一爿，北方一爿。南方由我爹和我姑爹负责，北方由我负责。尤其是北方这一爿厂，盘活了一个村，也盘活了一个岛，还扩展到了别的长榛子树的海岛。原先榛子的坚果从不利用，大多掉在地上烂掉，现在一夜之间成了值钱的宝贝疙瘩。工厂还雇用了当地的劳动力，特别是那些不能出海捕鱼的女劳力，大家因此都增加了收入。牛尾巴村的村民活络起来了，真可谓欢欣鼓舞。

榛子她弟弟也进了厂，负责榛子坚果的检验收购，小伙子能吃苦，工作踏实，年纪轻轻，成了工厂的业务骨干。榛子妈也进厂了，负责工厂食堂，指挥几个妇女烧饭做菜，驾轻就熟。我估摸她当年当女民兵班长时那种英姿飒爽、意气风发、威武豪迈的风姿就是这个样子的吧。

正当我在榛子岛办厂搞得轰轰烈烈的时候，妹妹放假回到了南方的家。经过一年的部队磨炼，我妹妹言谈举止方方面面变了样，一句话，成熟了。

在和我爹我妈谈起在榛子岛慰问演出的情形时，我妹妹显得特别兴奋。她描绘新建的俱乐部礼堂是如何壮观，在那五彩缤纷的舞台灯光下跳舞是多么带劲。她的领舞和独舞都赢得了满堂喝彩，官兵们掌声雷动，经久不息。

妹妹的描述，使我爹不由自主地回忆起自己和女民兵班长在礼堂里男女声二重唱的情景，那一次演出也受到了官兵们和岛上老百姓的热烈欢迎。也正是因为那次演出，让我爹才和榛子妈有了那段往事。真是斗转星移，世事如棋啊！

我妹妹说，本定在榛子岛演出一场，第二天就转移到别的海岛去演出，谁知当夜刮起大风，班船取消了，大风连刮了三天，演出团又连演了两场。那些没有观看到演出的官兵们统统看到了他们的演出。榛子岛的部队首长十分满意，他们为演员们加餐，拿出他们平日里不舍得吃的东西招待他们。连以上干部还和演员们搞了一次联欢活动。他们指定我妹妹跳了独舞，并代表演出团领受了部队直属团团长授予的锦旗。

我妹妹说到这儿突然停了下来，脸上泛起了红晕。

我妈是个细心人，发现女儿说到团长时表情起了变化，她说："怎么啦？不就是团长授给你锦旗吗。"

我妹妹吞吞吐吐地说："那团长，那团长胆儿真大，真大。他竟然在授旗时悄悄对我说——"

我妈急了，说："说什么？"

我妹妹说："他说，他说希望跟我，跟我交朋友。"

我妈说："你怎么说了？"

我妹妹说："我当时没有回答。"

我妈说："后来呢？"

我妹妹说："联欢结束后，他塞给我一张纸条，上面写着他的姓名、部队番号和电话号码。还写了简短的几句话。"

我妈继续追问："然后呢？"

我妹妹说："第二天早晨，他赶到我们住的部队招待所找到了我，我俩在一起说了一阵子话。"

我妈说："说什么话了？"

我妹妹有点烦，说："妈你刨根问底干啥呀，不就是相互讲些自己的情况嘛，还能讲什么呀。"

我妈说："那你答应和他交朋友啦？"

我妹说:“一开始没有,我答应他相互联系联系。”

我妈说:“那你联系得怎么样?”

我妹妹点点头,说:“现在是那种意义上的朋友了。什么时候让他来我们家,让爹妈看看,很帅的那种,真的,人很好。”

我妈说:“多大年纪?”

我妹妹说:“26岁,军大毕业的,真的很优秀。”

我妈说:“你还年轻,是应当好好工作的时候。”

我妹妹说:“妈你不是18岁那年结婚的吗?不过我不着急结婚,过几年再说。”我妹调侃了我妈一下,弄得我妈笑出了声。我妹妹接着说:“哎哟,有件事忘了告诉你们,他爹也曾经在榛子岛当过兵,还在部队工作,干什么他没有说。好像他爹当兵的时间和我爹当兵的时间差不多,说也是炮连。不知道爹你认识不?”

我爹在我妈和我妹妹说话的时候一直没有插嘴。我妹说到这儿,才引起了他的注意。我爹说:“团长姓什么?”

我妹妹说:“姓郝。”

我爹听说姓郝,一下子从座椅上弹了起来,说:“你能打电话找到他吗?”

我妹妹说:“可以呀,他有手机,找他干什么?”

我爹说:“你们别管,拨通了再说。我们用座机打,按免提。”

我爹随手拎过电话机说:“你拨号码。”

我妹妹立即拨通了团长的电话,嘟嘟响了几下,清晰地传来对方的声音:“你好,你是哪位?”一个很有磁性的小伙子的声音。

我妹妹说:“郝团长吗?我是小王呀(我家姓王)。”

郝团长:“啊,小王你好。你在哪里呀?”

我妹妹:“我回到老家了,在家里呢。”

郝团长："好，到家了我就放心了。你父母都好吗？请代我向叔叔阿姨问好，向你哥哥嫂子问好。"

我妹妹："谢谢你啦，我爹我妈他们都很好，他们都和我在一起，他们也向你问好。我爹有些事想问问你。"

郝团长："请叔叔问吧。"

我爹："郝团长，你好。"

郝团长："叔叔好。别客气，叫我小郝就行。"

我爹："好，那就叫小郝吧。小郝，我想问你，你父亲叫什么名字？听说你父亲早先也在榛子岛上当过兵。"

郝团长："是呀，我父亲叫郝建国（郝班长的名字），六十年代在榛子岛上当过兵。"

我爹："哟，你父亲是我的战友啊！那时候我也在榛子岛当兵。小郝你今年26岁对吗？ 26年前你父亲还没有结婚呢，对吧？"

郝团长："叔叔，你说得对。我父亲不是我亲生父亲，我亲生父亲是他的胞兄，我是过继给他的，他到现在还没有结婚，一个人，单身。"

我爹："为什么不结婚呀？"

郝团长："我叔，就是现在我父亲，他年轻时有一个青梅竹马一起长大的女朋友，到了谈婚论嫁时，双方家庭发生了变故，阴差阳错没结成婚。我知道，我父亲一直在等女朋友回心转意。二十多年过去了，我父亲还在等她。叔叔，大概情况就这样。"

我爹："那你父亲现在在部队干什么？"

郝团长："我父亲是军区的副司令员。"

我爹："小郝，你告诉你父亲，他的那位女朋友还没有结婚。大约十多年前，她打电话给你父亲，是你接的电话，她误以为你父亲已经结婚了。一直到现在，她还是这样认为的。我会告诉她，你父亲还等着她，她会很高兴见你父亲的。另外，告诉你父亲，我儿子在榛子岛上建了一家榨油厂，元旦正式开业投产，请他为工厂揭牌。他很忙，不知是否有空去榛子岛。我想到时请他的女朋友一起去榛子岛，让你父亲做好准备。就这两件事，请一定转达到。情况怎样，你打电话告诉小王结果。”

郝团长：“叔叔，没问题，我会马上告诉我父亲的，他一定会很高兴。我先谢谢你。另外，我也请求叔叔阿姨，能成全我和小王，请叔叔和阿姨恩准。”

我爹：“好的，到元旦那一天我们和你父亲见了面会考虑你和小王的事的。”

结束通话，我爹马上打电话告诉女校长，说郝副司令员这么多年来一直在等着她，他到现在和她一样孤身一人。

元旦这一天，我们一家人早早来到“榛子岛榨油厂”的会议室里，一同前往的有我堂伯堂伯母和儿子老大、我姑妈姑爹、小学女校长、总经理以及厂里的部分职工，当然还有榛子一家人。

根据预先约定，郝副司令员将于上午9时准时登岛，然后由驻岛部队陪同到现场为工厂开工揭牌。

在郝副司令员来到之前，大家都在会议室等候。趁这空档，我堂伯向大家传达了一个消息：我们村里几个坏坯子参与县里的黑社会组织，与人民为敌，做了许多坏事。现在公安部门已将他们一网打尽，法院将择日宣判他们的罪行并予以严惩。真是大快人心。

9时整，直升机轰鸣声从远处传来，大家从会议室里蜂拥而出。20分钟以后，几辆车开向工厂大门。大门外，郝副司令员走下车，和快步上前的我爹紧紧拥抱。二十多年不见的战友重逢，无比亲热。

郝副司令员最急于见到的当然还有女校长。此时女校长正从工厂大门内向外走来，她身穿紧身的绿色羽绒大衣，身材还是那样苗条，脚步还是那么轻盈，郝副司令员赶紧迎上前去，伸出双手，紧紧握住了她的双手，千言万语汇成一句话："还是那么年轻，还是那样漂亮，你一点也没有变，我老了。"

女校长说："你不老，你还是那么帅，那么精神。"

时间和场合不容他俩有更多交流。欢乐的乐曲停止，我宣布揭牌仪式开始，郝副司令员只得松开了女校长的双手，走向工厂大门，将垂挂在厂牌两边的红绸布揭下。音乐声再次响起，噼噼啪啪，爆竹声响成一片，几只高升腾空而起，人声鼎沸，热闹非凡。此时，我爹拉住了榛子妈的手，不知说什么才好。他只吐出了三个字："您保重！"

榛子妈不卑不亢："一班长，你也保重。"

我和榛子并肩站在我爹和榛子妈的身后，这一幕动人的情景看得分明。

榛子悄声说："哥，我妈是真心的。"

我说："你妈是个好女人。"

郝副司令员、女校长和我爹我妈，还有郝团长和我妹妹，在厂长室只待了十分钟。郝副司令员对我爹说："我们现在做亲家，你同意吗？"

我爹说："我仍然像当兵时一样，听您的。"

我妈牵着女校长的手，动情地说："亲家母，不要忘了我们。"

郝团长和我妹妹高兴得像孩子似的，巴掌拍得像炒豆。

在众人的簇拥下，女校长坐上了郝副司令员的车，两个人紧紧挨在了一起。人们目送郝副司令员的车队，缓缓离开工厂大门。

揭牌仪式当天下午，我爹在拥军大妈的墓碑前长跪不起……

郝副司令员为榛子岛榨油厂成立揭牌

我爹在拥军大妈墓前长跪不起